観潮楼の月

森鷗外夫妻の愛　十四話

町田育代
MACHIDA Yasuyo

文芸社

まえがき

森鷗外の夫人となった荒木志げ嬢は、十七歳で一度結婚している。この初婚の相手は大財閥の息子で、美男で有名だが働いたことがなく、結婚後も恋仲の芸者と毎日遊んでいるという人であった。これを知った志げの父親は、婚礼の日の二十日後に娘を引き取った。

この経験で、志げは「お仕事もお人柄も日本一ほどの立派な方、そういう方と共に人としての正しい道を歩きたい」という思いを抱くようになった。それから五年、数多の縁談を断り続けていた。彼女の感性が納得する人に出会えなかったのである。

一方の森鷗外という人は、既に番外の偉人であった。国威の国際化という転換期に多大な功績を尽くしていた。鷗外も初婚につまずいていた。男児一人をもち、年齢も四十を越えて再婚は考えないと決めていた。

この二人が出会い、培った愛の日々がこの物語である。

若い夫人志げは、尊敬し熱愛した夫の終焉の日々に交わした約束を守り、夫亡き後の冷たい周囲の目に耐え、数々の光芒を天に残して没した夫鷗外――太陽――の反射光を子や孫に注ぎ、立派に『観潮楼の月』の役目を果たしたのである。

目次

第一話　有終の年

観潮楼の月

観潮楼とは森鷗外が千駄木に建てた邸で、団子坂を上り切った台地にあった。当時はほとんどが平屋なので、晴れた日にはその二階から品川沖の波が見えたのでそう名付けたという。

三月の庭は銀杏の大木が芽吹き、そぞろに春の気が漂っていた。並ぶ沙羅の木、和名〝なつつばき〟の薄緑の花芽はまだ堅い。初夏には白い花が咲く。かつて鷗外がその白い花を詩にした。短詩だが流れるように美しい。

沙羅の木

褐色(かちいろ)の根府川石に
白き花はたと落ちたり、
ありとしも青葉がくれに
見えざりしさらの木の花

この庭を見渡せる南廊下の安楽椅子に腰掛けた鷗外は、頭を椅子の背凭れに預け目を瞑(つむ)っている。夫人が深い辰砂(しんしゃ)の湯吞みにお茶をいれ持ってきた。四十を少し越した上品な、極めて美しい人である。鷗外贔屓(びいき)の人には、その美貌への嫉(ねた)みからか、悪妻と的外れに噂される志げ夫人である。夫が還暦祝いの赤い袖なし羽織を着ないので湯吞みを紅にした。今日は初めて見る夫の休息姿である。お盆を置き膝をつき、ほっそりやつれた夫の頰を細い指で静かに撫でた。広い額は若き日のままである。志げは敬愛するその額にそっと唇をあてた。新婚の頃、夫が教えてくれた愛のご挨拶である。

「そこまでだよ」目を瞑ったまま、夫は言った。

「ほほ、存じておりましてよ。あなたは咳をして取った紙はすぐに焼き捨てなさるもの」

「よく見てるね」

「あなたのなさることですもの。でも本当は私も結核で死にたいわ」

「何を言うか。子供達はどうなる。浅はかなことを言ってはならない」

「ですから、あなたも死なないで下さい」

「これだけは自然現象というものだ。人の力ではどうにもならない。志げ、俺は何とかなることは何とかするよ。しかし何とも出来ないこともある。だからせめてこの自然現象に沿って生を有効に全うしようと考えている」

「でも働き過ぎは自然現象を縮めますよ」

「いや、俺は仕事をしていた方が休める」

「まあ……」志げは言葉が続かなかった。

＊

翌日、大正十一年三月十四日、鷗外は長男於菟（おと）と長女茉莉（まり）の二人が渡欧するのを東京駅で送った。十九歳の茉莉は美しかった。茉莉は夫環樹の待つパリへ、於菟は東大医学部助教授でドイツ研修である。これは、鷗外とこの最愛の子供達との最後の、そして永遠の別れであった。

家に帰ると食欲も出てきて、目の光にも明るさが戻り、茉莉の渡仏を心から喜んでいる様子に、志げにも久々に笑みが戻った。

「お母ちゃん、今日のお茉莉は綺麗だったね。鳩[1]のようだ」

「そうでしたね、環樹さんが送って下さった帽子がよく似合って、とても綺麗でしたわ」

「待望のパリ行きだ。あそこはお茉莉にぴったりだ。於菟には環樹君の案内があろう」

「パッパが勉強されたドイツですね」

「ふむ」

鷗外は茉莉の渡仏にまつわる婚家への折衝が強引であったかと自責の思いがあったが、若い人の将来のためという、志げの端的な意見に救われ、二人の渡欧を心から喜んだのである。

手入れが行き届かなくなった観潮楼の花畑は一面菜の花が覆い、黄色く波打っていた。

「あれ、二、三日前に雹が降ったが、菜の花はやられてないね」

「細いから強いのかしら」

「お母ちゃんみたいだ」

「まあ、私が菜の花？」

「ああ、細いが、強い」

「あなたの暗示で少しは強くなったかもしれませんけど、菜の花の黄色のように明るく暖かでありたいわ、でもやはり私は月ですよ」

志げはそう言ってふと、三男類が生まれて間もない頃、女性解放運動家の平塚雷鳥と保持研子が来訪した日を鮮やかに思い出した。

十年以上も前のことである。

二人の来意は、九月に発行予定の雑誌『青鞜』の支援依頼と、夫人に賛助会員として参加し

1　鳩…西洋で、結婚前の無垢な娘の形容。

て欲しいということであった。

「生田長江様から、世馴れぬ私共には最高の助言者であられるし、お妹様の小金井喜美子女史にも賛助会員になって頂くようお願いしてみては、とご指示を頂きまして」

「ほう。それは本人達の考える処ですが、勉強にはなるでしょう」

　夫の言葉を志げは頷いて聞いていた。

「二十五年ほど前、僕はドイツで第十三回独逸婦人会総会を傍聴した。議題は具体的で実行可能な提案が多く、会場での女性達の女性の地位向上に向けての熱意努力は、実に驚嘆し敬服すべきものであった。あれから四半世紀。日本にも来べき時が来たのだね。その萌芽がこの『青鞜』だ。期待しましょう」

「心強いお言葉。感謝いたします。今までお願いに上がった方々からの冷笑や皮肉、揶揄、無関心に自信を失いかけておりましたので」

「森鷗外先生のご支援を頂ければ与謝野晶子女史もご協力下さると思います。女史はいきなり、女は男に敵いませんと仰いました」

「晶子さんが？　あの方は、本質を見落とす人ではないから、あなた方の熱意をよくお伝えすることですね。ドイツの婦人運動は足が地に着いていた。『青鞜』もそうあることが望まれます。観念的な論理の遊びは大衆が離れる」

「お言葉を肝に銘じまして努力いたします」
安堵した二人は観潮楼を辞した。

この年の九月『青鞜』は発刊した。

元始、女性は実に太陽であった。
真正の人であつた。
今、女性は月である。他に依つて生き、
他の光に依つて輝く、
病人のように蒼白い顔の月である。
さてこゝに、「青鞜」は初声を上げた。

『青鞜』が届いた森家では、三男類が父鷗外の胡坐（あぐら）の中で眠っていた。志げは、ねえやを呼んで類を布団で寝かせるように言う。
「いや、いや、このままでいい。よく眠っているぞ、ボンチコは」
と、鷗外は微笑み、頁を繰る。

「ふーん、晶子女史も詩を寄せたね、巻頭だ。山の動きし日来る。晶子さん特有の表現だ」

「題が『そぞろごと』、どうしてでしょう？」

「まだ半信半疑なのだろう。しかし、『ああ唯これを信ぜよ』とある。ふむ。さて雷鳥さんの創刊の辞は立派だ。今我が国にこれほどの論客は居ない。哲学上のことを書くに、これくらい明快な筆力を持っている者は見当たらん。熱い情熱を以ての文明批評論だ。敬意に値する」

「私には、とても付いて参れませんわ」

「何を言うか、お前らしくない。俺はしばらく見守ろうと考えている」

「私はね、『青鞜』の皆さんとご一緒したいと、心がとても高まる時と、意気地なく引き込んでしまう時がありますの。何ですか、先が見えて……」

「ふーん、お前の予感というやつだな。一つ言えることはね。雷鳥女史のこれほど確固とした理論に基づいた主張ではあるが、月をあのような貶めの比喩に使うのはどうかな」

「まあ、それはどういうこと？」

「月は地球にとって、なくてはならない天体だということ。太陽は太陽系の中心だから女史の言うように絶対的存在だが、月は地球に一番近く大きな影響を与えているのだから」

「どのようにしてかしら？」

「海の満ち干が月の引力によるように、人間の体のリズムも月の運動周期に左右される。女性の月の物がそうだろう？」

「はい。そういえばそうですね」

「昔の暦は、月の動きを基に作られていた。第一は、月の美しさに人間がどれほど慰められてきたかということ。月は無力といえるかな」

「いいえ、なくてはなりません。大切ですわ」

「だろう？　これからは、本格的に宇宙の研究がなされ、更によく分かってくる。月の価値をもっとよく認識してから仰って欲しかったね」

「でも、太陽がなければ月もないのですわ」

「そうなれば地球もない」

「まあ、そういうこと……？」

「人間の精神の豊かさに貢献する月は太陽も敵わない。豊かな人間社会には太陽のような人間も月のような人間も必要なのさ、隠れて徳のある人の存在を忘れてはならない」

「月は引け目を感じなくてもいいってこと？」

「そうさ。むしろ重要な存在だ。今これを言うたら雷鳥さんに噛み付かれるが、太陽のように発動しろはいいが、月のようでは駄目は良くない。小説だって書くという発動があったって、読むという反射がなければ意味をなさない。源氏物語だって読む者が居てこそ今まで残っている。古典に命を与えているのは読み手の見識、つまり、作品を評価する人達の読み継ぎさ。読み手がなければ古典は闇だ[2]」

「ほほ、音羽屋さんの台詞のような」

「ははは、橘屋じゃなくて悪かったね」

志げはつんと横を向いた。橘屋とは、今をときめく十五世市村羽左衛門である。志げの娘時代からの憧れで命を懸けてもと恋をした歌舞伎役者である。しかし夫は橘屋のために名作を書いてくれた。今は夫であるこの人には、比較にならぬ愛を以て向き合っている。志げのこの一途さをよく知った上での、鷗外唯一の容貌コンプレックスによる揶揄（からか）いである。

「失敬、失敬。お志げには僕の次が羽左だよね」

　おかしな順位付けに志げは思わず笑った。

「そうだ、勝安房さんのいい詩があったなあ」

「勝海舟様？　母が尊敬していますの」

「母上と同じ江戸っ子だ」

「パッパと同じりんたろうさまね」

「うむ、りんの字が違う。呼天号地　四大范々　我去何之　雲消大虚　高月一輪。何もなくなった澄んだ大空高く、一輪の月。いいねぇ」

「とてもきれいな感じ、でも一輪は淋しいわ」

「一輪でも月は淋しいといわない」

「どうして？」

「たった一輪だが、月の美しさを超えるものが有るだろうか。他の何を以てしても比較はできない。太陽とも星とも、また花とも違う月だけの美しさだ」

「はい。そうですね」

「幾万年にもなろう古今東西において、あの月の美しさにどれほどの人が救われたか知れない」

「はい」

「図り知れない力だ。月からすれば、毎晩顔を出せば地球上の人々の誰かは必ず称賛し、大勢集まって踊ったり、酒を飲んだり、詩を作ったり、歌ったりして楽しんでいる。それが見えるから淋しくないのだよ。月はそこに自分の価値を感じているんだ。人間だって誰かの役に立つことで淋しくならないのだよ」

「人の役に立てば淋しくない？」

「そう、そう、僕もね、若い時から何かをしてこの世の役に立とう、人を喜ばせることをしよ

2　読み手がなければ古典は闇だ…歌舞伎の台詞、「間男（まぶ）がなければ女郎は闇だ」をもじっての言葉。

うと考えてずっと生きてきたんだよ。だから淋しいって思ったり、孤独だって感じたりしたことは全くなかったよ」

「全くなかったの？」

「うむ。考えが孤立することがあっても、考え方の違いだと思うから淋しくはなかったね。やりたいことが、後から後から有ってね、淋しいと感じる暇がないんだよ」

「私、雷鳥さんのお言葉で落ち込みましたけれど、月の大切なことが分かり、良かったわ」

この時、夫は何かを思いついて言った。

「そうだ。お前の美しさは月の美しさだ。一本気で正直で澄んだ月。お前は観潮楼の月だ」

「観潮楼の月？　そう。あなたが元気な太陽」

「お前はなくてはならない月ということ」

＊

あの時の夫の言葉、「なくてはならない月」と反芻してみたが。今太陽は沈みそうなのだ。

「やっぱり私は真っ暗になりそう」

「そうじゃないぞ、お母ちゃん。太陽が姿を見せなくなっても月が反射して光を放ってくれる。この協力は太陽の喜びだ。俺の考えにしっかり向き合って、俺の反射光を子供達や孫達に注いでおくれ、これはわたしと縁のあったお前さんにだけ出来ることなのだ。そのうちに四人それぞれは太陽になる。それまでは真っ暗になってはならん。ならんでくれよ、お母ちゃん。今度はお母ちゃんの頑張る番だ」

「そ、そうですね。はい……きっと」

志げはやっと答えた。しかしそんなことになるなんて！　と震え、怺えても怺えてもはらはらと涙がこぼれた。夫は明るい声で言う。

「類がこの頃よく勉強するようになった。よかったね。良いことはすぐ誉め、出来ない時も叱らない。よく分かるように、教えるのだ」

「はい。心掛けて参ります」

志げは涙を拭いた。次女杏奴の刺繍した苺のついたハンカチーフだった。

「お母ちゃん。僕はね、僕の生きている間にやったことに本当の価値があるとしたら、それはいつまでも輝いていく。二千年以上も前の書物でも、今の世に活き活きと輝いて人々の役に立っている」

そう言いつつ妻の手を取る。

「もしもだ、私が死ぬことになっても、わたしの『為した仕事』が死ぬことはない。どんなに強い力が加わっても消滅することはない。日が没した後に天の余光というものを見るだろう、トワイライト、夕映えだね。あれは人の内にある最も善なるものの不変不滅を感じさせてくれるのではないか。人は没しても『為した仕事』が輝いて残る。これが人間の『為事』の価値だ。没してもなお生活の天を照らす。本当の価値は残って輝く、これが命だ」

「人の身体と為事は一体、それが命……」

「そう。よく分かった。いいぞ、お母ちゃん、子育ても非常に大事な為事だ。それでこそ俺の為事はお前さんの命とも一体さ」

＊

この一ヵ月後の四月末に鷗外は、帝室博物館長図書頭として、英国皇太子正倉院御物ご参観のご説明のため奈良に行った。正倉院曝涼で、奈良へはこの四年間毎秋出張した。その時に『奈良五十首』が詠まれた。その中の一首に、

夢の国燃ゆべきものの燃えぬ国　木の校倉のとはに立つ国

がある。当時の先進欧州を熟知している鷗外が、日本の国の美を誇り、夢と永遠の国と讃えた秀歌である。この正倉院の収蔵物を学究及び専門家に開放させたのは、この文学博士森林太郎、つまり鷗外の功績である。学者としての優れた見識による英断で学会に大きな貢献となる。

奈良からは筆まめに、子供達に愛を込めた手紙を書き送った。その美しいカタカナ手紙はベルリンの鷗外記念館に展示されている。

この最後の奈良行きは、手違いで二等寝台車に乗ることになってしまった。その汚さと匂いが辛かったようだ。病気も進んでいたことであろう、苦情を言わない人が志げへの手紙で訴えていたが、極めて克己心の強い人だけに「是非なく我慢した」とある。死の二ヵ月前の我慢は痛ましい。

大正十一年六月中旬。鷗外の足に浮腫が顕れ歩行困難となり、初めて休みを宣言した。

「死ぬる所はお前の所、もう外出はしない」

勤続四十年中に欠勤はこれを含め三十数日のみという。

寝付く前である。鷗外は志げを呼んだ。

「今日は、要らない物を焼却してもらおう」

「はい。何をでしょう」

「ドイツからの手紙」

「ああ、あの方のね」

「よく分かるね」

「パッパのお考えですもの、分かります」

「ほほう、それは頼もしい」

「世間の詮索が馬鹿々々しくてお厭なのね」

「そう。下らな過ぎる。さすがだ、お母ちゃん」

「ご先方にもご迷惑。どこにありますの」

「左の本箱の、一番下の紙袋と写真二葉」

「はい分かりました。お竈で燃やしましょう」

「いや、ここにしよう」

風のない庭先で、可憐な異国の若い女性の思慕の詰まった紙袋と、セピア色の写真は、微かな黴の匂いを立てて燃えて消えた。


起き上がれなくなると、鷗外は面会謝絶とするように志げに命じた。しかし、親族友人知己弟子自称昵懇者等々が、会わせないのは奥さんの独断専行だといって無断で病室へ行く者もあった。全ての人が鷗外の万一を怖れたのである。また当の病人医学博士がその必要なしと言っている尿検査であるが、親族に腎臓の専門医がいて絶対にするように志げに言う。

「もしものことになったら奥さんのせいだ」

とまで言った。志げは涙をこぼして頼んだ。

「パッパどうか尿を調べて下さい。でないと治らないんですって、お願い、お願いです」(僕の病気は何をしてもなおらない。尿の検査で治るというものではない。しかしお前が後悔しないようにやっておくか)と、「之れは余の尿ではなく、妻の涙に候……」と付箋を付けて主治医額田晋に渡した。死の間際に見せた鷗外一流の愛の表現である。

六月二十六日。パリの於菟に返事を送った。夫の床に文机を並べ志げが口述筆記した。

「お前の速記は速い、まるで鈴木のようだ」

「ああ春浦さんね。よくいらしたわね、お食事しながらあなたが原稿を片手にしてお読みになると、お部屋の隅っこで机を使わないで復唱しながらどんどんお写しになったわ、それを茉莉が真似をして。昔ツウレに王ありき」

「おおイゾルデよ、わが恋人よ、か。ふふふ」

鷗外、死の十日ほど前のことである。愛する娘の幼い頃を思い浮かべ、苦しさが安らいだか、また一瞬「恋」が高質頭脳をやわらげたのか、微笑むとすぐこうこうと鼾をかき始めた。

森先生危篤の報せを聞いて、大勢が駆け付けた。お見舞い御礼の貼り紙と記帳台を出したが、受け付けの許可で、与謝野夫妻、小金井夫妻、平野万里、永井荷風、小島政二郎、荒木虎太郎、賀古鶴所が病床を取り囲む。荷風はひれ伏して頭を上げない。皆それに倣う。与謝野晶子は驚愕の体である。「先日道でお目に掛かった時は、今元号をやっている、と楽しそうに仰ってらしたのに」と。

昏睡が一昼夜続いた。鷗外の大親友賀古が、六日に遺言を依頼され、断腸の思いで書いたと皆に伝えた。部屋の空気がざわと揺れた。「森は見事な覚者だ」と、賀古は咽(むせ)び泣いた。

鼾が小さくなった時、主治医額田医師は、聴診器を当てたまま志げに一礼して言った。

「奥様、先生にご臨終の時が参りました」

「え、主人が亡くなるのですか？　本当に？」

医師は静かに頷く。志げは鷗外に取り縋る。

「どうして？　どうして？　パッパ死んじゃ嫌、嫌、生きてて下さい」

医師は聴診器を外し、静かに臨終を告げる。大正十一年七月九日午前七時であった。

「嘘。嘘でしょ。あなたが死んじゃうなんて」と、夫を抱き締めて号泣する志げを、一同痛ましく見守る。しかし、その中で不快な顔で見ていた賀古が、「黙れ！　見苦しい」と怒鳴った話は有名である。

子を持たず芸者を渡り歩いた男性には、夫婦の愛の喜び、切なさ、子に抱く希望等々、人間の根源的幸福感が理解出来ないのであろう。親友は唯々荘厳の気を手向ければよいのであろうが、妻はそうはいかない。身体の半分をざっくりと取られたのである。やがて、

「額田様、一昨日より寝ずのご介添えを賜り有り難く存じ上げます。夫もさぞ感謝しておりま

すことと、心より御礼申し上げます」

と、医師に謝辞を述べ、遺体に話し掛けた。

「パッパ、これからはきっとお約束のようにして参ります。ですから私と離れないために、あなたの残った体温をどうぞ私に下さいな」

と言って、眼を閉じた夫の胸肌に頬を寄せ、しばし瞑目した。ややあって身を起こし、居ずまいを正すと、遺体を丁寧に整え深く合掌した。その後、持ち前の凛とした表情を一同に向け挨拶した。

「この度は、森の最期をお見届け下さいまして誠に有り難うございました。謹んで御礼申し上げます。お願いがございますが、誰方か森のデスマスクをおとり頂けますようお手配下さいませんか」

涙を抑え「はい、優れた者を存じております。すぐ手配いたします。ご安心下さい」との応えがあった。

この時出来た名人新海竹太郎作のデスマスクの一つは、ドイツの森鷗外記念館に生けるが如く美しく保存されている。日本とドイツの精神文化の交流に尽くした鷗外の偉業はゲーテと並び、称賛されている。

葬儀には、宮中よりお料理と十五宮家から丈ほどある樒（しきみ）が一対ずつ贈られ、棺の左右にこれが林立した。葬列には二千人が列し偉人の死を悼むに相応しい、見事に神々しいものであった。

父亡き後の母について、於菟は「母は急に年をとって暗く淋しい人になった。肉親の者にとっては見兼ねるほどの痛ましさであった」、茉莉は「父の遺言を守って子供達に熱い愛情を注ぎ芸術の勉強をさせようと一心であった」、杏奴も「私達がもし、ほんの少しでも人よりいい所があったとしたら、それは全く母のお蔭である」、類は「あの世界的学者の田中正平夫人と好きな蜜柑を食べて、二人で笑う声が絶えなかった」と、それぞれ述べている。だが、梅雨の時季のように、太陽が沈んだ後の月影はなかったが、晴れてから出た月の輝きを想像させるように、志げ夫人が子供や孫に注いだ愛は見事であった。かの文人大町桂月の詠んだ、

見よや見よみなづきのみの桂浜海の面より出る月影

と、桂月を惹きつけた桂浜の月、海面に昇り始めた月影は、夫の喪明けの後に子や孫に向き合った森志げ夫人の姿も確（かく）やと思う。

後日、孫の真章（まくす）氏（祖父鷗外が命名。於菟の長男で、浦和の第一病院〈後の埼玉中央病院〉で多くの患者に慕われ尊敬された医師）が「孫の僕から見た、志げお祖母さんは、非常に品がよく、端正な感じで、傍にお祖父さん鷗外がいつもくっついているような感じでした。僕はとても可愛がって頂きました。小説半日[3]とは全く違って優しい立派な人でした」と語っておられ

る。

鷗外没後十四年の昭和十一年四月十八日、志げは於菟の言う「初恋の情熱で恋し全身全霊で愛した」限りなく優しい夫の許に還った。

3　小説半日…〈筆者注〉鷗外の仮設の小説だが、一般に夫人がモデルとされ、悪妻と評判になる。

志げ
見合い写真か（世田谷文学館蔵）

有名画家（山本鼎）のモデルになった
若き日の志げ（世田谷文学館蔵）

第二話　蜜月の時　一

小倉へ

森林太郎鷗外と、大審院判事荒木博臣長女荒木志げは、多忙な鷗外の都合で大晦日に見合いをし、明くる正月の四日に結婚式を挙げ、翌五日には鷗外の任地小倉へ共に赴くという、電光石火の如くに誕生した夫婦である。

お互いの繊細で鋭い直感と、何よりも志げの直情による合意である。明治三十五年、鷗外四十歳、志げ二十二歳である。式は簡略であったが、観潮楼二階大広間に置かれた大幅の純金屏風を背に、羽織袴の林太郎と白無垢姿の志げが対に座した光景は、あたかも日月を配したように荘厳の気を放っていたという。

志げの色直しの打掛けは紅地に杜若（かきつばた）、流水蛍籠花籠を染め出した佳麗なものであった。

式の圧巻は鷗外の次弟篤次郎の祝辞と舞である。家業を継ぎ、父同様良き町医者である彼は、余暇に『歌舞伎』という小誌を発行し、名を成すほどの歌舞伎通である。母に誘われ千歳座の柿落し（こけらおとし）で初めて見た歌舞伎に魅せられ、のめり込んだのである。そこで今日、兄の佳き日を祝って、静御前が鶴岡八幡宮に奉納したという〈法楽の舞〉を舞ったのである。素踊りながら成田屋そっくりである。それは篤次郎が、役者の手足の振りと音曲の関係を数秒の間隔で図示し、兄鷗外を驚嘆させるほど徹底した研究家であったからである。歌舞伎好きの志げには思い掛けぬ贈り物であった。

＊

翌五日、夫妻は新橋駅午後六時五分発の夜行列車に乗り、途中京都に一泊し、八日朝、小倉の家に着く予定である。

挙式以来、志げの家族は「森様」に厚い信頼を寄せ、頼もしい話で持ちきりであったが、九州小倉は遥か遠い所である。いよいよ出発の時間が近付くと、話す声の調子が落ちてくる。母の顔色も悪い。揃ってする楽しい食事も、皆しんとしてお義理に箸を運んでいるようである。志げも母が心配であり、離れていく心細さは打ち消すことは出来ないが、今までと違って、目を上げるとどこかに、夫になった森林太郎の微笑みが暖かな灯りとしてあった。

＊

新橋駅には、松の内だが両家の家族と親しい友人達大勢の見送りがあった。鷗外はにこやかに妻志げを紹介した。その後、親友賀古鶴所が傍らに寄り、何か言った。その時鷗外の顔が一瞬曇り、険しい表情になったのを志げは見た。志げは、この夫を初恋の思いで生涯を全身全霊で信頼し愛したが、人の世の常である。その後は思いも掛けぬ苦悩を強いる多くのことに遭遇する。これはその走りといってよかった。

世の常とは言え、森鷗外という人は既に常人ではなかった。彼を知る者は、その計り知れない知の深さ、知的作業の量の圧倒的多さに畏敬の念を持たない者はなかった。それだけに鷗外の崇拝者による志げへの風当たりは強かった。親友賀古にとってもこの結婚は寝耳に水の話である。

（つい先だっても俺の世話したのを断った。結婚するつもりはないと言った。俺は掻かなくてもいい恥を随分掻いた。それがだ、何の風の吹き回しか？　今度は十秒も掛からずに決めたそうだ。確かに若い凄味のある良い女だ。芸者嫌いの貴奴がその気になったのだから、ぞっこん本気だ。油断も隙もあったもんじゃない）

賀古鶴所は森林太郎の生涯を通しての親友である。浜松生まれの千葉の士族で、面倒見の良い人である。学友ではあるが、六歳年長なので常に鷗外の庇護者であり相談役であった。森の思慕と信頼がこの人を親友にさせたようだ。賀古も森林太郎という希代の秀才・逸材が、誰よりも信頼を寄せていることに満足で、鷗外には自らの全てを惜しみなく与え、腹蔵なく付き合ってきたのである。それは夫婦と同等の柵（しがらみ）といえるのかもしれない。嫉妬というのは、このゆったりと太って磊落（らいらく）そうな町医者にも巣食うらしい。自分に何の相談もなく貴奴が結婚したということは、無碍（むげ）に忌ま忌ましい思いであり、その後は森夫人いじめの大将であった。新橋駅で鷗外に囁（ささや）いたのは、「倶利伽羅紋々（くりからもんもん）の兄いが、出刃包丁を持って飛び込んで来るような女を細君に持つのもまた一興だろう」であった。

鷗外はびくっとした。

（考えてみると、俺は荒木志げ嬢に会ってまだ五日だ。彼女の持っている真正直な性格を瞬時に受け止めたのは事実だ。あの純粋な一途さは、かつて出会ったことのないものであった。しかし何の確証もない。評判の令嬢だという彼女の今までに、何があってもおかしくはない。賀古のいう倶利伽羅紋々の後ろ盾があるかもしれない。初見で決めたのは我になく軽率であったか？）

と思ったが、（いやそうではなかろう）と、確とした自信もある。

本来、鷗外とは、自身の自信が生涯を貫いての活動の原動力であったが、女性に関しての実生活はいわば無菌培養された大人であった。祖母清、母峰、妹喜美子、使用人の女中数人ほどの知識で育ち、成人して周囲に強いられて結婚をした最初の妻（於菟の母）や、母が与えて、身の回りの世話をした女性、その他社交上の女性、そして小説の素材である女性等は、彼の心の琴線に触れる妻の範疇には入らなかった。異性を考えるには理性が勝ちすぎていた。

しかしこの度の荒木志げ女の一途さは、彼の心に響くものがあり、理性を突き抜けてきたのである。これこそがと思い決めたのである。しかし、極め付けの通人であり親友として信頼する賀古の忠告だ。瞬時であるが彼は悩んだ。そしてその後は志げを冷静に観察することにした。まず見送りの荒木家の人達を鋭く見渡したが、家族と使用人の他は見当たらない。志げの母の「何でも森様のお指図通りになさいよ」という声が聞こえる。志げの異腹兄虎太郎は、長身で明朗闊達な印象である。妹栄子はきわめて美しく、妹ながら姉の眼差しで志げを見つめ「お姉様、丸髷もお似合いよ」等と言っている。謹厳な父博臣の慈愛深い表情も胸にくる。皆温かいエールを送っている。不審な影は見当たらない。やがて小倉に一緒に連れていく志げ付きの女中島が母に挨拶し、二等寝台車に乗り込んだ。警笛が鳴った。

汽車が動きだし、二人になったが何も話してくれない夫に志げは戸惑った。賀古様と話して以来、夫は何かを考えている風である。軍刀を脇に置き、洋書から目を放さない。昨夜式を終えた後二人きりになった時の、あの晴れやかな優しいお人とは別人のよう。

（この方はお勉強家で、いつも勉強をしていらっしゃるとか。それを妻がお邪魔をしてはいけない）

志げは本来の鷹揚（おうよう）なお嬢さんに戻った。

列車は速度を上げ西へ西へと走っていく。外は殆ど暗く、雪が降り始めたようである。志げは列車の走るリズムに心を委ねた。そのリズムは、幼い頃琴のお師匠さんが「はい、てん、とん、しゃん……」と仰っているように聞こえ、志げの指は自然と動いた。目を瞑り腰掛けた姿勢のまま、膝琴で懐かしい六段を復習った。

本を読んでいても、周りのことがよく分かる鷗外である。賀古氏の森を語る中に、「呆れた奴だよ。何か書きながら客と話が出来るんだ。せっせと非常に速い書きっぷりでも、正確に応答して話が進むんだから」というのがあるが、鷗外は志げの琴の稽古がよく分かり、（左手がちょっと僕の方に延びたのは、糸を押さえる手だな）と、くっと微笑んだ。

志げは六段を弾き終え、こんな時には雅楽を箏曲にした「想夫恋」を弾いたら良かったのにと、目を閉じて思っていた。その時、本がぱたりと閉じられた。

「さあもう寝よう。帯を解いて下でお休み」

元通りの、明るい爽やかな夫の声である。今までの不安が和らぎ、嬉しく、「はい」と応え微笑んで夫を見上げた時、志げの頬は夫の両手に挟まれた。志げはじっと夫の目を見た。その瞳は温かく優しくちょっと悲しげで、しかし奥深くに志げの大好きな強い光を湛えていた。志げは動悸が早まり、全身が痺れるような不思議な感動を覚え、思わず目を瞑った。瞑った目に涙が滲んだ。夫は呼気に葉巻の香を漂わせ、唇は志げのきっちり結んだ形の良い唇に近付き、愛しさに溢れた熱いキュッセンで妻の涙に応えた。

　やがて「おやすみ」と言い、ひらりと上の寝台に飛び乗りカーテンを引いた。志げも「おやすみなさいませ」と言い、大切なものを抱くように胸の動悸と、幽かに残っているハバナの香りを慈しみ、上段の夫の軽い鼾と列車のリズムに身を委ね、深い眠りに就いた。

*

　汽車の減速を感じて目を覚ました志げに、鷗外が問うた。

「お目覚めかい。よく眠れたかい？」

「はいお陰様で。あなたは？」

「はははは、俺はどこでもよく眠れる」

「そう、それはおよろしいこと。じきに京都ですね。お洗面は京都に着いてからいたします」

「だめだ。今お茶を買う。それで含嗽をしておきなさい。駅で顔なぞ洗ってはいけない。悪い病気が移ることがあり、ひどい目にあう」

　衛生学の大家の言である。志げは京都駅の手前、稲荷駅で赤帽からお茶を買ってもらい、油取り紙で化粧直しをし、髪を掻き上げ着物を着直した。支度が整った頃、京都駅に着いた。汽車が停まり、島がにこにことやってきた。

「お早うございます」

「ああお早う、そっちは混んでいたかい」

「ええ大分」

「それじゃ、よく眠れなかっただろう」

「はい、あまりよくは」

「そうか、宿へ着いたら、休むといい」

二人の会話を聞いて、志げは、夫が元のように明るく元気になったことが嬉しかった。

京都は雪だった。京の雪景色は、これから始まる林太郎と志げ夫妻の前途を象徴するように、美しくも厳しいものだった。

旅館俵屋の人力車が迎えに来た。宿に着くと女将(おかみ)一人が静かに出迎えた。暖かい部屋に朝食が設(しつら)えてあった。好き嫌いの激しい志げの好むものばかりであった。出汁(だし)のよく利いた白味噌に霰(あられ)切りのお豆腐のおみおつけ、柚子の香が嬉しかった。身欠き鰊と栗の含め煮、穂紫蘇(ほじそ)と蕪(かぶら)の香の物、椎茸と三ツ葉の玉子とじ、薄い塩引きのあぶり焼きに、飴色らっきょ添え。

「私はこういう、鄙(ひな)びたお料理が大好き」

「鄙びた？　おいおいこれは京の名流割烹料理だよ。鄙びたとは言わない」

「そう、東京の名流西洋料理は頭が痛くなるけど、ここのは優しいお味ね。美味しいわ」

「よかったね。さて、雪が治まりそうだ、やんだら外に出てみよう。その前に風呂に入っておいで、緊張続きで疲れているだろう。ここのはいつでも湧いているから。俺は湯を貰って拭こう」

＊

湯上がりに念入りの化粧。紅と濃緑を紗綾型に織り込んだ大島紬の着物に、深紫の縮緬の紋羽織をさらりと着て出てきた志げの美しさには、さすがの鷗外も凄味すら感じた。

「ああ雪がやんだ。少し外を歩いてみよう」

退紅色のコートに毛皮の襟巻きをし、雪駄を履いて夫の後に従った志げに「雪道は滑り易い」と言って、すっと手を取った夫に志げは、（まあ人前で）と思ったが媒酌の岡田様の奥様が「森様のなさることを、決していやと言ってはいけませんよ」と仰ったのを思い出して、多くの人の視線を感じ動揺はするが、手を取られたまま歩いた。凍った道は危なく、夫の手は力強く有り難かった。お正月の新京極は賑やかで、あちこちで酔漢が騒いでいる。

「お前は酔っ払いが嫌いだな。手に汗をかいてくる」

「ご免あそばせ」

志げはコートからハンカチーフを取り出そうとすると、「汗なんか怖かあないよ」と、更にしっかり握ってくれる。

新京極のどこをどう歩いたか分からなかったが、志げには夫の手の温もりが嬉しい雪の京都の散策だった。

宿に帰ると、部屋付きの坪庭の、雪を冠った灯籠の灯りが、雪国の小さなかまくらを思わせた。部屋では島が二人の部屋着を揃えて待っていた。

「お嬢様、お正月の京都見物は如何でしたか」

「賑やか。とても良かった」

「おいおい、この部屋にお嬢さんはいるのかい」鷗外が口を挟んだ。

島は慌てて、

「は、はい、とんだご無礼を。お、奥様」と言い直した。

「いゃぁね、お島。お母様が、間違えないようにって仰ってらしたじゃないの」

「はい、さようでございましたが、つい」

「しかし返事をしていた者もいたようだが」

三人で大笑いをした。夕食も志げ好みであった。

「こういう鄙びたものも美味しいかい」

「いいえ、さすがに有名割烹料理のお味ですわ」

「お前は教えれば覚えるじゃないか、今までは勉強不足だったようだ。これからは勉強だ」

「はい。どうぞよろしく」

食後、志げが蜜柑を剝(む)く。広げた懐紙に蜜柑を包むようにして皮を剝く。

「ほほう、このような蜜柑の剝き方は初めて拝見する」

「こうしますとね、皮の黄色いお露が手につかないんですの」

「成程(なるほど)。それにしてもお前の手は綺麗だ」

「あまりお炊事をしませんからですわ。小倉へ参りましたらきびきび働きますわね」

「いいや、富も島も居るではないか、妻と使用人は違う。むきにやらんでもよろしい」

志げは、主婦が厨房をしないでいい？と怪訝(けげん)な思いで夫を見たが、自分を見つめる夫の眼差(まなざ)しは極めて優しく、不思議な安らぎを覚える。だが、その奥には何の反論も出来ない真摯(しんし)な強さを湛えていた。

後日、森が賀古へ送った手紙に「よい年をして美術品のような妻を迎え……万事心配の向き之(これ)無く……」としたためたものがある。この極めて美しく、扱いようではすぐに壊れそうな人を、家事などで損ねるのは惜しいと思ったのである。

食べ終わると鷗外は葉巻に火を付け、しみじみと言った。

「初めっからお前と一緒になれば良かった」

志げは驚いて大きな目でじっと夫を見つめ、

「あなたが二十七の時、私は九つ。とても無理。でも今、こうしてご一緒になれたのですね」

と、夫の初志のこの具現化の不思議は「神のお導き」と、敬虔な思いで感謝し、涙した。

「泣かんでもいい。おいで。十一年間待ってよかったなぁ」

志げは夫の胸に包まれ、繭の中のお蚕様のように静かな幸せに浸った。短い初婚に破れた二人である、今度は過たず、お互いの人格の美質を感得し得たのである。

二人が一人になったような充実の刻を感じ、志げはこの時信じたものを生涯持ち続けるのである。後に長男於菟が著書で、「父母が琴瑟相和していたことは確かである」と述べているが、森鷗外という人に繋がる周囲の砦、社会的観衆の視線、時代の趨勢等々、また彼の持つ価値観、美意識等も若い妻には理解しきれないものがあり、志げを悩ませたものは計り知れない。しかし、夫林太郎の方は何よりも妻志げの、その容貌の美しさの裏打ちと言えるような、定規で引いたように真っすぐな性格、誤魔化しのない気性を愛したのである。

こんな一例がある。話は飛ぶが、夫妻が小倉から帰京し、志げが森家の家族の中で生活を始めた最初の年の暮れのことである。

一月に出産を控えた身重の彼女が、産着でない紺絣の着物をせっせと縫っている。志げの裁縫の腕前は師匠の折り紙付きだが、体を気遣い、

「お精が出るが、無理をしてはいけないよ」

と、鷗外は声を掛けた。

志げは手を休めず、

「だってね。於菟ちゃんて、顔はみっともないし、性質も可愛くないでしょ」

と、継子評。

「ああ、否定はしないが、そういうことを本人に言ってはいけないよ」

「あら、もう言ってしまいましたわ」

「何だそれは。最悪というものだ」

「そうですか？　あなただってそう思っていらっしゃるんでしょ？　ですけど、散髪して新しい着物をきちんと着せれば、随分可愛く見られますわよ。じきにお正月ですもの」

「成程。おばあちゃんは、着るものに頓着しないからな」と、母を庇いつつ、於菟が生まれた時に、周囲の囁いた赤子に対する陰口の醜さを思い出した。あれに比べ、今のこの率直ながら心のこもった行為を何と評価すべきか？　稀な美質ではないか？　と彼女の真の善良さを見たのである。

ちなみに、於菟が成長し医学者となった頃の志げの言葉に、「於菟さんは、遊び人の美男なんかとは違って、学問をし、教養を積んだ美しい立派な顔になりましたよ」というのがある。

また、於菟の著書に「母には、継母という要素は全く無かった」とある。

鷗外は妻のこの表裏の無い、正直な、赤子のように綺麗な心を何よりも愛したのである。大審院判事という善悪の判断に厳格な父親と、器量よしで気っ風の良い、江戸っ子の母親との血であろう。この志げに森氏の偉大さを強調し、結婚を強く勧めたのは山口善六であるが、林太郎に見合いを承諾させたのは母、峰である。小倉へは息子に疎まれるほど、何人もの嫁紹介の手紙を書いた。この度の結婚は、「今度こそあの娘ならお前も嫌とは言うまい」と、難しい息子の納得する結婚を願い、知り得る限りを尋ね回った母親の大願成就なのである。

*

翌七日、午前中の京都発の列車に乗り、八日朝門司に着き、また乗り換え、九州小倉に到着した。三ヵ月に満たないが、志げが、生涯を通して一番楽しく生気に満ちた日々であったという、小倉生活の始まりである。

新居は小倉京町五丁目である。小倉駅付近は思ったより賑やかで、志げもお島も安心した。着いた日は駅から家まで車を頼んだ。

「前の家は、お前には淋しいかもしれないので、駅に近いのを借りた」

「あなたとご一緒なら、どこでも大丈夫よ」

「ほほう、うまいことを言うぞ、お志げは。どこでもったって、勤めは一緒に行けないぞ」

「それはそうですわ。でもお弁当は毎日お届けしますわよ」

「それは有り難い」等と話しているうちに、門前に大勢が手を振っているのが見えた。

「もりさぁん、おかえりなさい」と、可愛い子供の声がする。家主夫妻と孫達、女中の富、書生、友人の福間博、玉水学僧（安国寺住職・玉水俊虠）等である。

飛ぶように走ってきたのは、大家の孫娘綾子。

「おう、騎兵か、只今」

「騎兵って言っちゃ、やだ」

「騎兵のように元気だってことだよ」と言って、子供の頭を撫でた。この何のわだかまりもない自然で親密な光景に、志げは驚いて、（この方は子供が好きなのだわ）と、また一つ夫の魅力を発見した。志げ自身は子供に接することが少なく、子供に慣れることが下手であった。家主に手を引かれてやってきた、とても美しい少女がいた。綾子の姉八重子である。お河童の漆黒の髪は長く、頰は簿桃色にふっくりとして、目鼻立ちは拵えたように整っていた。しかしその円らな目は何も見えない。

「森さんお帰りなさい。お帰りを楽しみに待っていました」

「そうか、お迎え有り難う。八重ちゃん、今日は東京から小母さんを連れてきたんだよ」

「まあ嬉しい、小母さん、こんにちは」

「初めまして。お八重ちゃんとか。可愛いこと。私もお友達にして下さいね」

「ええ、いいわ」

八重は声のする方へすすっと寄ってきて、志げの手を取り、着物に触れ、

「小母さんの手はすべすべ、細くて優しくて綺麗、被布(ひふ)はお召、着物は縮緬(ちりめん)、小母さんのお顔は綺麗でしょう」

と、小首を傾げて聞く様子がとても可愛い。

「ほほ、自分では分からないわ」

「ああ、とても綺麗だよ」

鷗外の率直な答えに、大人達は皆うなずいた。

「それに森さんと同じ、声が綺麗」

志げはこの純真な人の鋭い感覚に感心し、深く頷いた。

家に入ると、家主が用意してくれた上等な家具が並び、今までの生活との違和感も無い。九州の夫の家族のような人々に囲まれ、良き思い出の小倉生活が始まるのである。

第三話　蜜月の時　二

小倉左遷の奇跡

明治三十二年六月、陸軍軍医監森林太郎少将が西の果て、北九州小倉第十二師団軍医部長を命じられた。左遷だとの噂であった。

二十二歳でドイツ留学し、その四年間は勉学と研究の他に、自国日本の名誉のために並々ならぬ活躍をし、帰国後は留学の成果を遺憾なく発揮し、小説を、医学書を数々著し、二十七歳で東京美術学校講師となり、坪内逍遥等との文学論争も徹底させ、文芸の近代的把握、批評原理の確立に貢献した。三十歳で慶応大学審美学講師となり、三十一歳で一等軍医正陸軍軍医学校長となる。明治二十六年日清戦争勃発に伴い、軍医部長として韓国中国に転戦した。講和後は近衛師団軍医部長兼軍医学校長を命じられ……と、中央になくてはならぬ存在であった。ゆえにこの小倉行きには鷗外本人も陸軍省軍医部の冷遇だと判断し、辞任も考えた。

しかし、母や親友賀古の説得に応じ、また彼本来の剛直不屈を以て、この逆境をプラスに転化させたのである。難解なアンデルセン作『即興詩人』の翻訳を完成させ、それまで誰も成し得なかった内容の高い文明批評、医学評論、文芸評論を著した。これは中央から距離を置いたことで、あらゆることが客観視出来た成果である。

着任後、小倉第十二師団の兵士達に与えたクラウゼヴィッツの『戦論』[4]の講読や『北清事件の一面の観察』『洋學の盛衰を論ず』の講演等々は、教育者森軍医監ならではの先見の明である。しかも兵士教育にとどまらず、九州という風土全体に与えた変貌や活力が、我が国の国運に繋がる奇跡的幸運を齎(もたら)したので、森鷗外小倉左遷は日本国にとっての天祐であった。

＊

森軍医監の小倉赴任を、当時のジャーナリズムは放っておかなかった。すぐさま『福岡日日新聞』が六千号記念にと寄稿を依頼した。鷗外は承諾し、名著といわれる『我をして九州の富人たらしめば』の一文を掲載した。これは新任のご挨拶程度のやわらかなものではなかった。九州全土の成金の目を覚まさせたのである。当時我が国は、日清戦争勝利による莫大(ばくだい)な賠償金に潤い、富国強兵・殖産興業の大方針が一段と強まり、大陸に最も近い九州に厖大(ぼうだい)な資本が投入された。製鉄、炭鉱、鉄道、紡績の諸事業に沸き、軍港佐世保、製鉄所八幡、炭田筑豊も盛

4　クラウゼヴィッツの『戦論』…これは、その後の日露戦争の兵士達の勝利への大きな力となるのであった。

りを見せ、俄か成金が蔓延したことで九州の人々は「富人の勢力が遥かに官吏の上に在る」という、無益にして莫迦げた、あるいは危険な成金感覚を持ってしまった。これを丁寧に分かり易く諌め、富人を九州の堅実な発展感覚に目覚めさせたのである。すぐ目覚め、改めた九州の富人達も優れていた。もしこれがなかったら、その後の九州はどうなっていたか？　と背筋の凍る思いがする。事に当たっては、後に引かない鷗外の先見の明と気迫と熱情である。

*

この小倉生活では、勉強する時間が取れたのも幸運であった。小倉周辺の文化人との親密な交遊である。フランス語を習ったベルトラン神父。仏教哲学や唯識論を学び、代わりにドイツ語を教えた玉水学僧。鷗外を崇拝する一高ドイツ語教授の福間博。師団では団長の井上光中将、参謀長の山根武亮少将等、心から信頼出来る真の友を得たのである。

さらに、この小倉時代に得た幸運に、第二の結婚がある。

先妻赤松登志子の再婚先での死を報らされ、丁寧なお悔やみと彼女の美質を讃えた手紙を送り、鷗外は喪に伏した。その二年後である。

小倉三度目の冬の初雪の日だった。母から運命の手紙が届いた。しかし、今までのは大方が嫁取りの詮議なので、しばらく机の上に放置しておいた。小倉へ来てから十人余りの嫁紹介である。母の切なる願いなので誠意を以て返事は書いたが、終いにはもうやめて下さいと頼んだほどである。彼は敢えて妻を求めることに積極的ではなかった。森家には既に跡取りはいる。自身は齢四十を越えた。女好きという人種でもない。理想通りにいく結婚なんぞは考えられない。五十を越して結婚する者もあるが、人には老いがあることを知らねばならぬ。したい仕事、しなければならぬ仕事が無限にある。欧米列強のアジア政策には寸刻の油断も許されない。戦争が始まれば、軍医は真っ先に赴かざるを得ない。これらが理由である。

＊

小倉風物のひとつ、使い走りをする伝便の音がちりん、ちりんと急ぎ足に乗って聞こえてきては遠ざかっていく。もうその音もしない。ランプの芯を捩り上げ、手元を明るくし、手紙の封を切った。息子達を育てながら独習した峰独特の文字だが、その上達は著しい。

「……志げ子さんを初めて見候時には、実に驚き候。世の中にはこの様なる美しき人もあるものかと、不思議に思はれ候程に候。……いかに女嫌いのお前様もいやとは申さるまじと存じ候。性質は一度逢いしたのみにて何とも申されず候へども、怜悧なることは確かに候……私の眼鏡の違はざることをお認めなされ候をひたすら待ち入り候」

とあった。

読み終え雪洞（ぼんぼり）を灯（とも）し、ランプを吹き消し、独り寝の冷たい床に入った。鷗外はものを考えるのに時間の掛からない、瞬時に判断する人であるが、その夜は眠入る前に、ふとかすかに笑みの零（こぼ）れるのを感じ、苦笑して眠りに就いた（神が赤い糸をお結びなさったらしい）。

明けると雪は大方消えていた。出勤前に手紙を書いた。妹喜美子の、夫小金井良精の健康について心配する手紙への返事である。

「健康宜しからずという者が、存外長生きせらるることがある。これを頼みにするように……昨日母上から来信。例の荒木令嬢の事、兎も角も相迎え候と決心致した。併（しか）し随分苦労の種となろう……」

との意を添えた。

母は喜び、「見合いだけにこの暮れの忙しいに、わざわざ遠方から来るに及ばず」と言ったが、荒木の父親の「見合いをしなければ結婚はならぬ」との意向を聞くと、すぐ夜行に乗り、四十時間かけて駆け付けた。苦労なことならやってみよう、という持ち前の意地によるものかもしれない。

極めて早熟で同年配の者より遥かに老成していたが、反面その活力においては驚異的な若さを見せた。荒木嬢に逢うために東京へ向かう時の心境は、夢にまで見たラファエロの名画『システィナの聖母』を見るためにライプツィヒからドレスデンの絵画館へ馳せた日の想いと重なるものであろう。

＊

挙式後四日目、森新夫婦が小倉に着いた日の晩。鷗外は「明日九日に、師団将校の婦人会があるので出席しなさい」と、志げに告げた。

「あなたもご一緒でしょ」

「いや、婦人会だもの、お前一人さ」

「まあ一人でなんて、私には、お馴染みがいらっしゃいません」

志げは不安だった。

「いや、いらっしゃるよ。行ってごらん。俺は調べておいた」

またしても夫の不可思議だが、（夫のお言い付け。妻の初仕事）と悟った。

決心をすれば、思い切りのよい志げである。すぐに新橋駅から送ったチッキ（手荷物）を開け、中から、雌黄の紋付に白衿の長襦袢、帯は黒地に鷹を描き金糸の刺繍を施してあるのを選び、利休鼠色の縮緬の被布を取り出し、衣桁掛けに掛けた。鷗外は志げのてきぱきした動きと、出された着物の調和の妙に感心した。そして、明日の会の概要と司令部の概略を話した。

一月九日（木）。

翌朝は、二階いっぱいに朝日が当たった。雨戸の隙間から金の筋が差し込んでいた。下では車井戸のカラカラという音や、竈の匂い、サクサクという俎（まないた）の響きやらが生活の始まりを奏でていた。

「お目覚めかい？　よく眠れたかな」

「はい。安心して、ぐっすり」

「それは良かった。でもお前、布団を被（かぶ）って寝るのは良くない。唇が荒れる」

「そう。これはね、東京での習慣、寝ている女の人の顔を切る泥棒の話、ご存じない？」

「ああ、小倉までは届かなかった」

「そう。それで男か女か分からないようになの」

「成程。俺はまた、俺のキュッセン予防かなって、面白くなかったよ」

「えっ、それって何ですか」

「あははは、何てことはないさ」

　志げは起き上がり床の上に居住まいを正す。

「どうぞ、仰って下さいな」

「一度きり言わないことなんだよ」

「そんなことってあるんですか」

「あまりないけど、あることもある」

「それでは困ります。これからも心配だわ、分かるように仰って下さいな」

「ふふ、心配するな」

「まあ、笑っていらっしゃる。いやな方」

「俺には好きな奴」

言いざま両手を伸ばし志げを抱しめ熱いキスをする。これは四十の林太郎の美しい妻への真正の恋情であった。

「これが、ドイツのご挨拶。キュッセンさ」

志げは何も言えず、目頭を押さえた。

「これからは、布団を被って寝ては困るよ」

「はい。分かりました」

「さあ、雨戸を開けよう」

開け放された窓いっぱいに朝の光が差し込み、青空が清々しかった。夫の優しい愛撫に包まれ、志げにとって珠玉の日々だったという、三ヵ月の小倉生活の最初の日である。

夫鷗外にとっても、予想よりもはるかに清純で、彼好みの真正直な、そして何よりも見目麗しい妻を得て、長い間諦観し、くすんでいた青春の情熱が蘇り、人生刷新の意気に燃えた。神はこの二人に、その後に訪れる厳しい年月に耐え得るために、この無我の愛の三ヵ月をお与え下さったのだ。

朝食を済ませ、化粧が終わった頃、髪結いがやってきた。驚いた志げに、島が、「旦那様がお頼みになりまして」と言った。

髪結いを連れてきたもう一人の女中富は、

「奥様。この辺りは芸者屋が多いで、えらい混みますでさ」と言った。志げは夫の順序の良い手回しに感激した。

支度が出来上がり、コートを着て襟巻をし、迎えの車を待った。見送りに玄関に立った夫に「行って参ります」と言いながら、無意識にはめていた手袋を外した。それを見た夫は素早くその手を握った。しばらくして冷たい細い指が暖まると、「勇気を出して行っておいで」と言った。志げは、夫の手の温かみを逃さないように急いで手袋をはめた。

会場は、五町[5]ほど離れた偕行社という軍の集会所であった。到着すると参会者の目が一斉に志げに注がれた。白衿紋付の奥方がずらりと並んでいた。世話役の一人がやってきた。

「森軍医部長の奥様でいらっしゃいますね。どうぞこちらへ」と上座へ案内した。隣席の女性がすぐに立ち上がり、にこやかに手を差し伸べた。井上師団長夫人である。

「初めまして、井上でございます。まあ、森様はこんなにもお若くてお綺麗な奥様をお迎えあそばしたのですね。ご主人様には大変お世話になっております」と言った。初めて会った人と馴染むのに時間が掛かり、口下手な志げであったが、昨夜夫に教えられたように「お初にお目にかかります。森志げにございます。何分不慣れでございますので、よろしくご指導賜りたく、お願い申し上げます」としっかり言えた。

「お役に立ちますればと存じます。何でもどうぞ、私どもでは、森様に一方ならぬお世話を頂き、感謝申し上げておりますのよ」

子息の病が癒えてほっとしたと明るく話された。開会までの小一時の間に、入れ代わり立ち代わり何人もの人の挨拶があり、「私は誰々の家内で、森閣下、森部長、森先生……に大変お世話になっており云々」との内容で、一人々々が丁寧なお辞儀をなさる。十日ほど前に夫になったばかりの人への謝辞である。「こちらこそ、どうぞよろしくお願い申し上げます」と通り一遍の挨拶を小声で返したが、改めて森鷗外の家内という資格の重さと名誉を実感した。若い志げには一種の重圧であったが、どこかにあの方が防波堤として居て下さるからと信ずるものがあり、落ち着いて応対が出来たかと思った。と、その時。

「荒木様でいらっしゃいませんこと?」と美しい声がした。

志げは一瞬彼女の通った学校の風が一ひら吹き寄せたかのように懐かしい思いがして振り向

5　町は距離の単位。一町は六十間（約一〇九メートル）

いた。

「まあ」

二人は駆け寄って手を取り合った。女学生時代に時々廊下等で顔を合わせたことのある上級生だ。

「古藤でございますが、今川になりましたの」

「お懐かしいこと。嬉しゅうございますわ」

「私はこちらに、昨年参りましたの」

「私は昨日着いたばかりでございますの」

「まあ、昨日の今日ではお疲れでいらっしゃいましょう？」

「いえいえ、あなた様にお目にかかれましたのですもの、疲れなぞどこかへ飛んでいきました。嬉しゅうございますわ」

お馴染みが居るよと言った夫の言葉通りである。夫は不可思議にして有り難い人だと、感謝した。二人を見ていた井上夫人は、

「奇遇でしょうか。お珍しいことですわ、ご安心なさったでしょう」

と喜んでくれた。

会が始まるまで、二人は感慨無量の思いで話した。学校の思い出が限りないほど出た。

「学校では、私達に小説は禁止でしたけど、森様の『舞姫』『うたかたの記』『文づかい』隠れて読みましたわね」

「読みました。読みましたわ」

「あなたがあの森鷗外様の奥様におなりなのですね。不思議な感じ、やはり学習院きっての美しい方でいらっしゃるからですわ」

志げはあの作品の作者が、今、家にいて本を読んでいる夫とどうしても重ならない感じだった。

会は会長井上夫人の挨拶から始まり、婦人会活動の貢献者の表彰、次年度の活動、懇親会の計画が話された。余興は琴三味線尺八の合奏と薩摩琵琶の独奏があった。会が終わり、今川夫人とまたお会いする約束をして帰宅した。門の前で夫は手を広げて待っていた。

＊

翌十日は、昼間に四～五人の来客があった。「妻(さい)です」と紹介する時の夫の満足気な笑顔に、志げはとても嬉しいものを感じた。この喜びを早速、東京の家族に手紙を書いた。

十一日(土)、夫は司令部に出勤した。志げは初めて夫の留守という侘(わび)しさを感じたが、これからはこれが日常となるのだ、と気を取り直し、母が荷物の中に入れてくれた《林太郎さま》

と上書きのある包みを取り出した。大島紬（つむぎ）の対（つい）の反物だった。志げのお針は得意の腕前だが、男物は初めてだ。反物は湯通しされてあり、針を通したらさぞかし気持ち良く運ぶだろうと思われた。寸法は五尺四寸と踏んで裁ってあり、胴裏も裾回しも揃えてあり、針を通すだけだった。志げは、「まあ母様らしい」と笑い泣きをしてしまった。島を呼んで、裁ち（た）板を買ってきてもらい仕事を始めた。陽の当たる誰も居ない二階の居間で、夫の着物を縫うことがこんなにも楽しいものかと、ふくふくとした嬉しさを味わいながら時間を忘れて針を進めた。

袖が仕上がる頃、（そうそう、もうお帰りだわ）と、夫が告げた帰る時間に気が付いた。針道具を片付け、化粧を直し、玄関に降り門まで出た。門前の道遠くから、夫が手を振って帰るのが見えた。「お帰りなさいませ」と志げもにこにこと手を振った。夫は「只今」と言い、ほんのり上気した新妻の顔を見た。（牡丹の花でもこんなに美しいのがあったろうか）と思わず唇を寄せた。昼間離れていた淋しさを補う熱い接吻であった。志げはもう下を向くことはなく、夫の仕草を安心して享受した。

十二日は日曜日であった。

朝食前に髪を洗った。竈の灰を水で溶きその上澄みに、海藻のふのりを溶かして煮た糊を混ぜ、その中に頭を浸し梳櫛（すきぐし）で梳（と）かして洗う。長い髪は時間がかかる。

昨夜遅くまで書き物をしていた夫が起きたようだ。

「奥さんはどうしたい？　今日はいい天気だ。出掛けるぞ」

「髪を洗ってますの。あなた、お朝食は先になさって下さい」

「ああ、お前のは富に弁当に拵(こさ)えさせるよ」

「はい、よろしく」

髪の水気を切りながら出てきた志げに夫は言った。

「タオルでしっかり拭いて。すぐ出るぞ」

「ちょっとお待ち下さい。このままでは」

髪を乾かし、花柄ハンカチーフで結んだ。

「ああ、いいじゃないか、洗い髪のおつまのようだが、お前の方がよっぽど綺麗だ」

「まあー」と志げは真っ赤になり、大きな目で夫を見た。洗い髪のおつまといえば、当代切っての人気歌舞伎役者十五世市村羽佐衛門の愛人といわれる柳橋の芸者である。志げも熱烈な羽佐衛門贔屓(びいき)で、羽佐と聞くだけでも身も心も溶ける思いがしたほどである。しかし、この乙女心は全て東京に捨て、謹厳な軍医監の妻森志げとして遠い西の果て九州に来たのである。それが図らずも、夫の口からさらりとおつまが出てきたので驚いた。そして、この果て知らずに物知りの夫を仄々(ほのぼの)と見つめた。彼女の生涯で、憧れ恋したのは夫森林太郎と、市村羽佐衛門の二人であった。

「さあ、行くぞ！」

「はーい」

お弁当と蜜柑を友禅の袋に入れ、夫の後について出た。町中(まちなか)を過ぎると、田園の広がる田舎道に出る。今までの志げには、こうした道を夫と語りながら歩く楽しさは、考えも及ばないことだった。

寺を見付けると必ず立ち寄り、その寺の歴史や沿革が伝えられてある書き物に目を通し、絵のような文字も判読し、メモをとっている。金毘羅信仰に厚い志げの父のような信仰心ではないようである。延命寺川を渡り、小一時間歩くと海岸に出た。波は静かで数羽のかもめが舞い、下関が手に取るように見えた。

「まあ綺麗。こういう所は栄子が大好きなの。連れてきてあげたい」

志げは妹を思った。

「そうか。東京へ帰ったら、こういう所を探して三人で遊びに出ようね」と、彼は志げに勝るとも劣らない美貌の栄子を思い浮かべた。

暖かい平らな岩を選び、並んで腰掛けた。お弁当を広げ、お結びを懐紙に載せ、手渡し、

「富やのお結び、こんなに大きいのよ」と言う。

「いつもはもっと大きい」

「まー、おほほほ」志げは笑いが止まらない。

「母上の手紙に、お前が笑わない人だと心配してあったが、よく笑う、大丈夫だ」

「ほほほ、初めてお目に掛った時でしょう？　あれはね、母から笑い過ぎは失礼だから、気をつけなさいってね、と厳重注意があってね、ほほ」

やっと笑いが止まり、昼食を済ませた。そして海岸を手を繋いで歩いた。当時の日本には手を繋いで歩く男女は殆ど居なかった。一世紀先取りのドイツ式恋人夫婦であった。

一月十三日（月）。

いよいよ鷗外の出勤が始まった。志げは夫を送り出すと、富と島を指図して夫のお弁当作りを始めた。

「旦那様は何でも召し上がるけど、鯖の味噌煮だけはだめよ。気を付けてね」

薩摩揚げ人参椎茸焼き麩のお煮しめ、卵焼き、切干大根の二杯酢漬け、きんかんの焼酎煮、ちりめんじゃこの佃煮と鯛味噌入りお結び、林檎兎二羽。これを折り箱にきれいに並べ、奉書紙で巻いて、紅梅を散らした友禅の風呂敷に包んだ。賑やかなお弁当作りが終わると二階に上がり、お化粧をし、着替えをする。臙脂（えんじ）の江戸小紋に帯は藤色の紋博多、落ち椿の黒お召の羽織、淡い緋色のショール。お弁当を持った島と並んで家から十五分ほどの司令部に向かう。大きな川に掛かった橋を渡ると左手に小倉城の天守閣が見え、その方向にしばらく行くと司令部への坂がある。坂の上の大きな石門の脇に、志げの一番心ときめく、白手袋をして軍刀を下げた軍服姿の夫がにこやかに手を振っている。

「おおう、これは上等の弁当だ。有り難う」

満面の笑み。司令部勤めの日は、どんなに寒くとも少しでも暖かいうちにと届けた。この愛妻弁当は、激動の森鷗外六十年の生涯での最も心楽しい昼食であったという。

第四話　蜜月の終わり

愛の避妊

一生の間に〔暇(ひま)〕という時を殆ど持たなかった森鷗外。結婚もまた大忙しであった。暮れの二十九日に任地小倉を発ち、大晦日に見合いをし、明くる正月四日に式を挙げ、翌五日には新夫人を伴い新橋を発ち、八日に小倉へ戻った。寡夫(かふ)は出世の妨げと母峰は小倉へ十人もの縁談の手紙を送っていた。鷗外はこれを一切断ったが、この度は神の赤い糸か「相迎え候と決心致し」会って十秒ほどで決めたという。

＊

当時、軍の将官以上は、結婚につき勅裁を仰がねばならなかった。

二月二十日。結婚願をしたためた。

結婚願。東京府武蔵國東京市芝區西久保明舟町十九番地士族無職業荒木博臣長女志げ。明治十三年五月三日生。明治三十五年二月。二十一年十箇月。今般熟談の上右に記載の者と結婚致度、依て別紙身元證書相添差出候間、御許可被下度、此段奉願候也。

明治三十五年二月二十日、

陸軍々医監医学博士森林太郎

内閣総理大臣子爵桂太郎殿

これに身分證書〔右は行状端正の者に有之候此段致保證候也　芝區長川崎寅〕を添えた。したため終えて読み返し、これが、森林太郎鷗外の歴史の記録として残る上では、自らの意に沿ったものであることに納得した。前回は結婚届けをしなかったのである。

＊

小倉での蜜月は、鷗外に「スゥイートな時」と言わしめたほどに甘くあたたかく優しい、信頼に満ち満ちたものであった。

夫が出勤の日、妻はいそいそと弁当を作り、司令部へ持参した。帰宅時間には待ち切れず門まで走って出迎えた。その迎える喜びに溢れた真正直な表情に、夫は毎日熱い接吻で応えた。しかし、夫を待つ丁度同じ時刻に、安国寺の玉水学僧がやってくることがあった。鷗外が玉水から唯識論を学び、玉水は鷗外からドイツ哲学の入門の訳読を手伝ってもらうという学識交換を行える希有な間柄であった。玉水は勉強のために鷗外の帰宅を待ったのであろうが、志げには嬉しい夫の帰りを横取りされたようで「また今日も」と恨めしい思いをしたという話もある。

が、休日には手を繫ぎ、名所旧跡有名寺社を歩いた。


二月二十三日（日）。

久々に晴れた日曜日である。以前から望んでいた古刹のある廣壽山に登った。山の麓まで一里ほど。野面は春の息吹に目覚めたように生き生きしている。鷗外は志げの健脚に感心し安堵したが、草履履きなので登りには手を貸し、引き上げた。登り着くとまず山頂にある寺の山門に入った。高い松の古木五、六本を背にひっそりと本堂があり、福聚禅寺とあった。

「ほほう。いい名だ」

「何と読みますの」

「ふくじゅぜんじ。福を集める寺だ」

「それでは、お浄財を差し上げなくては」

「その前にまず手を浄めよとある」

「はい。浄らかに美しいこと。これが福なのですね」

　志げが参拝をしている間に鷗外は、扁額や柱聯（ちゅうれん）の文字を手帳に書き付ける。参拝が済み二人は裏に回った。小倉の街全体が見渡せた。

「あれが司令部だ」

「そう。では私達のお家はあの辺りですね。あっ、あなた汽車が」

「ああ、そうだね。お前はあの汽車に乗って帰りたいなんぞと言うんじゃないのかい」

「いいえ、私、本当に小倉が気に入りました」

「そうか。それはよかった。俺に上京命令があっても大丈夫だな。軍の命令に細君を連れてゆく奴はいないから」

「えっ、そんな、それはだめですわ」

「ははは、冗談冗談。お前を置いてゆくことはないさ。俺は人真似はしない」

「そう。良かったこと」

「さて、お昼にしよう」

　鷗外は松の落葉を集め、志げはお弁当の包みを解いた。富やが竈（かまど）で焼いてくれた薩摩芋の包みである。鷗外はこれを今集めた松葉の穴の中に埋め、マッチを擦って火を付けた。もう一度焼いて温めるのだ。松葉はパチパチ音をたてて燃えた。志げは清々しく香る焚火に暖められ、焦げた薩摩芋の皮を細い指で剝き懐紙に載せて夫に差し出す。

「おお、これは上品な焼き芋だ」

古寺を背に小倉の街を一望すると、その向こうに広がる青い日本海に、大小の島々が浮かび、白波が寄せ水鳥が舞う。下関の港も絵のように見える。この豪華な風景の中で、若い森夫妻は二人だけの熱い焼き芋昼食を摂(と)った。

「志げ。人間の体にとって焼き芋ほど勝れた食べ物はないといえるのだよ」

「まあ、でもお腹(なか)が張りますでしょ」

「うん。それがいいんだ。腸が綺麗になる」

「そう」

志げは頷(うなず)いた。そして親戚の鷗外の信奉者山口善六が「森氏は医学博士でもあり、カロリーという単位を食品に適応すると良いと主張された方だ」と話したのを思い出した。

＊

ここで甚(はなは)だ唐突になるが、明治時代に栄養学者として先端をいった森医学博士の業績を、今愛妻と二人で焼き芋を食べておられる小倉廣壽山頂から、初春の風に乗せて、彼の誇る日の本の国の人々に贈りたいと思う。

千葉県立衛生短期大学教授山下光雄氏は、産経新聞への寄稿エッセイで次のように述べている。

森鷗外（本名＝林太郎）は優れた文学者であり、同時に優れた栄養学者でもあった。彼の日本食研究の業績を調べると、21世紀の栄養教育に示唆するところが多い。その一部を紹介し、教育現場の糧としたい。

当時、脚気の原因は日本食（低たんぱく、高炭水化物）にありとする海軍は、遠洋航海で洋食を実践して脚気を激減させ、その成果をもとに兵食に洋食を採用すべく各方面に働きかけていたが、1888（明治21）年、ドイツ留学から帰国した森の第一声は「将に日本食に非ずはその根拠を失わんとす」であった。彼は食糧の多くを輸入に頼ることに疑問を呈し、同時に日本にも優れた体力の人はおり日本食そのものではなく、食品の組み合わせが問題なのだと反論した。

森は早速軍医学校で6名の兵士を対象に日本食と洋食の消火吸収を調べる。当初、便の区別に苦労するが、その結果〝たんぱく質の量はエネルギーの多寡に影響される〟という貴重な報告を行う。また肉食のみの場合の便の実験を行い、炭水化物が加わることによって便の形式ができるのだと報告している。1892（明治25）年には軍に学校へ提出したドイツ語の論文の中で集団給食に食品成分表を用いることの合理性を示唆し、1910（同43）年、陸軍軍医医務局長になった森は『兵食養価算定用食品嗜好品成分表』を刊行し、以後、兵食の栄養評価にはすべてこの成分表を使用すべしと通達している。1894(同27)年には携帯食糧の研究を行うが、その報告の中に「一包装を100キロカロリーとする」とある。100キロカロリーを一単位として、食事量の把握を容易にするこの方法は、(中略)素人にも理解しやすい勝れた発想であった。

山下光雄「森鷗外と100kcal食品成分表」

鷗外没後十年の一九三一(昭和六)年、国立栄養研究所が国際的にも通用する理解し易い成分表を刊行してから七十年を経た現在、再び森鷗外が、提唱した、エビデンスに基づく栄養学や、一〇〇キロカロリーに基づいた食品成分表の必要性がクローズアップされている。

私達に身近なカロリーの提唱者は外ならぬ森鷗外であった。

*

日が西に回った。小倉の街がほんのりオレンジがかってきた。遠く関門海峡に浮かぶ船がきらっきらと光る。鷗外は松葉の火を踏み消し、

「下りは、お前の草履は滑るからゆっくり下りよう。夕方までには帰れるよ」と言う。

「はい」

下りは緩やかで、かすかに梅の香がした。やはり麓の農家の庭先に梅の大木が見え、白い花が輝くように咲き誇っていた。近くにその梅を眺めるのに格好の茶店がある。

「丁度いい。少し休もう」

甘酒と熱いお茶で、しばし梅を堪能した。

「おいしいこと」

「それはよかった。疲れただろう」

「ええ。大分ね」

「よく歩いた」

「まあ、鍛えが足りんって仰らないわ」

「ふふ、今日は鍛えてやったのさ」

白梅の香を後に、二人は手を繋ぎ、夕日の染める野道をゆっくり帰った。帰り着くと間もなく、夫は迎えの車で会合へ出掛けた。

夫の留守の間に志げは東京の家に手紙を書いた。久々に父母のこと妹のことが思われ、ほのぼのとした時間であった。

二月二十四日（月）。

富に用事が出来て、親元へ泊まり掛けで帰った。

志げは元気よく「島、今日は働くよ」と言って二階の掃除を始めた。自分達の床を上げかけた時、夫の寝（やす）んだ跡にふと目に留まったものがあった。志げは座ってしばらくそれをじっと眺めた。やがて涙が溢れてきた。

涙は静かにぽろぽろと頬を伝って落ちた。

初夜を迎えたあの日から毎夜、夫はしっかりと私を抱き締め愛撫して下さっている。夫も楽しそうににこにこと喜ばせられている。どんな女性が男を想うのでも、私が夫を想う以上のものはあるまいと思われるほどに、私は夫を慕っている。一日も夫なしでは生きられない。しかし、目の前のこの光景は？　私達夫婦はもしや自然に背いているのではないか？　夫婦の自然の営みを欠いているのではないか？　これでは神様がお叱りになるに違いない。妻になるとは、愛する夫の子を生むことなのだ。生まなければいけない。生みたいと志げは突き上げる思いに襲われしばし打ち伏して泣いた。

ややあって起き上がり辺りを片付けながら考えた。

十七歳の時の二十日ばかりの結婚であったが、婚礼の晩にお相手のあの方が「お前と俺の子なら、どっちに似ても間違いはない」と仰ったかと思うと、美男で名高い顔が突然異様に醜く変わった。目の前にその顔があり驚愕に震えた。「もしや病気では」と思い、すぐ起き上がり、枕元にあった湯冷ましを勧め、里付きの女中お花を呼んでお姑様にお知らせするように頼んだ。盛大なお式のお疲れであろうかと正真相手を思う心であった。美しい顔を毎日見て暮らせる喜びがあの結婚であった。物知らずの私であった。その後、あの方は私を「馬鹿女」と呼んで、お馴染(なじ)みの芸者さんの所から帰ってこなかった。

思えば、あれは夫となった人の当然の行為ではなかったか。あの頃の私はあの方との子供のことなど考えもしなかった。今は私の望んだ、愛する夫である。この方のお子を生まなければいけない。生みたい。何とかこれを言わなければいけない。でも言えない。言い出されないほどに私の心は夫に支配されてしまっている。考えてみると、二人だけの夜の、あの晴れやかな楽しそうな様子は、夫はもしや私をおもちゃに思っておられるのではなかろうか？　有り得ない疑念だと思うが、これだけはお聞きしよう。でもどうしよう？

志げは母を思った。そうだ手紙に書こう。昨日使った硯(すずり)も墨(すみ)も筆もそのままにあった。文机に向かった。

「お話申し上げにくくて、書くことにしました」と書き始め、自らの思いを切々と述べた。今までしたためたことのないほどの長文となった。封をし、心を籠めて「林太郎様」と表書をした。ひどい疲れを感じ、島にお茶を頼んだ。

「まあ奥様、お顔の色がお悪いです。お働き過ぎです。ご無理なさったんですね。申し訳ございませんでした。少しお休みなさいませ」と言って床を敷き「おつむを冷やしましょう」と階下に下りた。志げは布団を被り、祈る思いで目を瞑った。

ふと目を覚ますと夫の声である。「奥さんはどうしたい」

懐かしい声である。昼間の煩悶は消えている。すぐ起き上がってお迎えと思った。しかしそう思う自分が情けなかった。その情けなさか、あるいは明朗な夫の声が恨めしかったのか、志げはまた涙した。夫が上がってきた。涙を見せまいと布団を被った。「おやおや、寝ているのかい。どうした」優しい声である。島が手拭の替えを持ってきた。「おつむがお痛いそうで」

「頭が痛い？　それはいけない。今日は俺ももう寝よう。島、床を取ってくれ」と言って体を拭きに下へ降り、着替えて上がってきた。

「頭が痛くとも、何かは言えるだろうが。どうしたのだ。顔だけはお出し」

志げはますます潜り、布団の中でくぐもった声で言った。

「お手紙書きました。文机の中にあります」

「お前さんが俺に手紙？　何だいそれは。鼻を衝き合わせていて手紙を貰うのは可笑しいが、まあいいだろう。拝見しよう」

志げは布団から目を少しだけ出して夫の様子を見ていた。夫は手紙を取り出し、微笑みながら開封している。読み始めると、いつもの夫の力のある目に変わった。それが十秒ほどもなかった。手紙はさらさらと巻かれた。まあ、私が一時間以上も掛けて書いたのに何という速さなのだろう。

「あなた、よくお読み下さったの」

「ああよく読みました。字は下手だが、内容に迫力があった。上出来だ。分かったよ。そうかお前はそんな風に考えたか。じゃあ話そう。まず俺はお前のせっかくの美しさを損ねたく無かった。しばらくは大事にしておきたかった。結婚するとじきに妻の腹が出て、顔が浮腫み髪が抜け、眉が薄くなる。これが普通だ。俺はそれが忍びなかった。一、二年、このままお前の容姿を保って一緒に散歩でもしたかったのだよ」

鷗外は昨年師団で行った講話「北清事件の一面の観察」で欧州の良家の結婚観を美風として、日本人との違いを述べた。この時、志げは夫が小倉へ着いてすぐ親友賀古氏に「よい年をして美術品のような妻を迎え……」と手紙に書いたのを思い出し、聞いた。

「私は、散歩のお供に参ったのでしょうか」

「いやいや、そう曲がって考えてはいけない。大体お前は恋愛至上主義だといった。子は鎹というが、恋愛論者には矛盾というものだ」

「本当の愛を探すためですわ。本当に愛する方のお子を生みたいというのは間違いですか」

「はっはっは。分かったよ。お前がそう望むならもう俺は余計な遠慮はしないよ。キューンステ・トロイメ。いいじゃないか」

詩人森鷗外という人は、言葉によって感情が活きる人であるらしい。

「それはどういう意味ですの」

「うむ。男の野性が好きな女の最高の幸せになるという夢。今のお志げさんの突然の手紙のお蔭さ。おお寒。そっちに入るぞ」

話はあっけなく終わった。志げの煩悶は取り越し苦労のように雲散霧消した。

＊

二月二十八日（金）。

この日は島と富の二人のお給金を払う日である。島の一月分は母が心付けを添えて渡してある。富には鷗外が与えた。その時、志げは夫から「来月からはお前の役目だぞ」と言われ、これを緊張して聞いた。しかし母様のようにすればいいのだわと、呑気（のんき）が顔を出した。

昨日は柴川に沿った馬借という所の古い墓を訪ねた。その帰りに履物屋に寄って駒下駄を二足買った。その一足ずつをお給金と一緒に渡した。二人は押し戴いて礼を言った。その嬉しそうな様子に志げは、自分が一家の主婦であるとの立場を実感し、責任を自覚した。

＊

三月に入ると夫に公の行事と来客が増えたが、日曜日には郊外を歩いた。そして、福寿草、水仙、菫花、たんぽぽ、連翹と日々殖えてくる春の花々を楽しんだ。鷗外は花を見付けるのが上手で、畦道に咲く菫に「おっ、昨日開いたね」等と言って愛しそうに優しく触れて眺めている。その姿に、志げは昔、皆で隠れて読みあった彼の小説『うたかたの記』のすみれ売りの少女を思って夫の優しさに涙した。

確かに鷗外日記や戦地からの『妻への手紙』には、小さな野の花の咲いたことや出会った花の印象が多数記録されている。鷗外は優れて野の花を愛した軍人である。晩年に次女の杏奴に向けたハガキの言葉に「杏奴に採らせたい正倉院の中のげんげ」とある。

三月十二日（水）。結婚願に裁可が下った。

その六日後に第一師団軍医部長に補すると辞令が下りた。第一師団は勿論東京である。

この公報が新聞に載ると、千駄木の森家では母峰、子息於菟、祖母清、弟篤次郎夫妻、潤三郎夫妻、妹小金井喜美子、夫良精と子供達。この近親者は皆こぞって喜んだ。志げの実家荒木家でも、新聞に目を通していた主人博臣が妻に声を掛けた。

「阿佐、お志げは帰ってくるぞ」

「まあ、もうですか」

「もうとは何だ。遠くへ行って心配だと言ったのは誰だ」

「それがですの、志げが手紙で、小倉はとても良い所で、森様がお優しくて、このままずっと小倉に居たいと申しますの。もう少し二人だけにしておいてあげたいと思いましたので、帰ってきたら大変ですわ」

「ふむ。家族が多いからな」

聞き付けて栄子がやってきた。

「お姉様、お帰りですって？　まあ嬉しい」

「おいおい、家に帰ってくるんじゃないぞ」

「ええ当然千駄木でしょうけど……。森様はお母様思いで有名ですし、お母様が絶対的存在だということですから……」

「善ちゃん[6]が言ってらしたの？」

「そう」

「森氏は孝という思想を失った社会は滅ぶと言っている。当たり前だ。いいではないか」

「そりゃそうですよ。それを志げがどう聞き分けられるかですわ、どこでもお姑さんとお嫁さんはうまくいってませんもの」

「お姉様は、好きといったら放さないし、曲がったことが大嫌いだから」

「それも貴重だ。いい加減ではいけない」

「とにかく、林太郎様のお綱さばきでしょうね」

「ふむ。賢哲誉れ高い方だ。案ずることはない。困ったと言ってきた時に助けてやりなさい」

「いつお帰りでしょう」

「辞令が出たらすぐだ。今月末だろう」

＊

三月十九日（水）。

森夫妻は太宰府に出掛けた。土地の資産家で、名士を招いてもてなすことを喜びとしている篤志家の家に宿（やど）させて戴き、心尽くしの饗応を受けた。寝（やす）む前に窓から見えた天満宮の赤々と燃える篝火（かがりび）の美しさは、志げの生涯を通し、消えることなく脳裏の片隅で永遠の火のように燃えていたという。

帰京一週間前は大変な忙しさであった。鷗外の書物と志げの着物の他は、貰って下さる方に

6　善ちゃん…栄子の婚約者、鷗外信奉者の山口善六のこと。

置いて帰ることにしてあったので荷造りは簡単だったが、お別れの挨拶に来て下さる方で家の中はごった返した。

＊

三月二十一日は春季皇霊祭があり、夕方は土地の有志六人が発起人となり、料亭三樹亭で送別会があった。夫妻で出席した。美しい女将は心から名残惜しそうであった。お土産やお祝いの品が次々に運ばれ山を成した。会の圧巻は、篠崎八幡宮の川江宮司の届けてくれた長歌を代読人が朗詠した時であった。

「代読。長歌。題詞に曰く陸軍軍医監医学博士森大人の第一師団に栄転し給うと聞きて詠み奉る。世の人の命助くる医師てふ道の博士に。奇しかる功もしるく、名も高き森の大人はも。小倉なる西都都督に、入りしより命助くる。神の如たのみたりしを、ゆくりなく吾妻の空にうつれよのおうせかしこみ。ただすてふ事をしきけば。吾のみか是の都督の。下にすむ千万人も。おのつから命縮まる心ちすと、なけかぬ人こそなかりけれ　なけかぬものこそなかりけれ。別れゆく旅の衣は軽くとも、たもと重くはすがるとしらなむ。

反歌。唐大和書の林のおくかまで分けにし人をいかにかもしぇん」

初めしんとして聞き入っていた人々の頭が、少しずつ下がり、読み手の声が震えてくると、あちこちで啜り泣きが聞こえた。詠み終わると会場に重く静かな、しかし優しい沈黙のひととき が流れた。別れの悲しみと離れ難い慕わしさと、一同の敬愛の入り交じったものであった。志げは今まで全く知らなかった感動の場面を体験した。

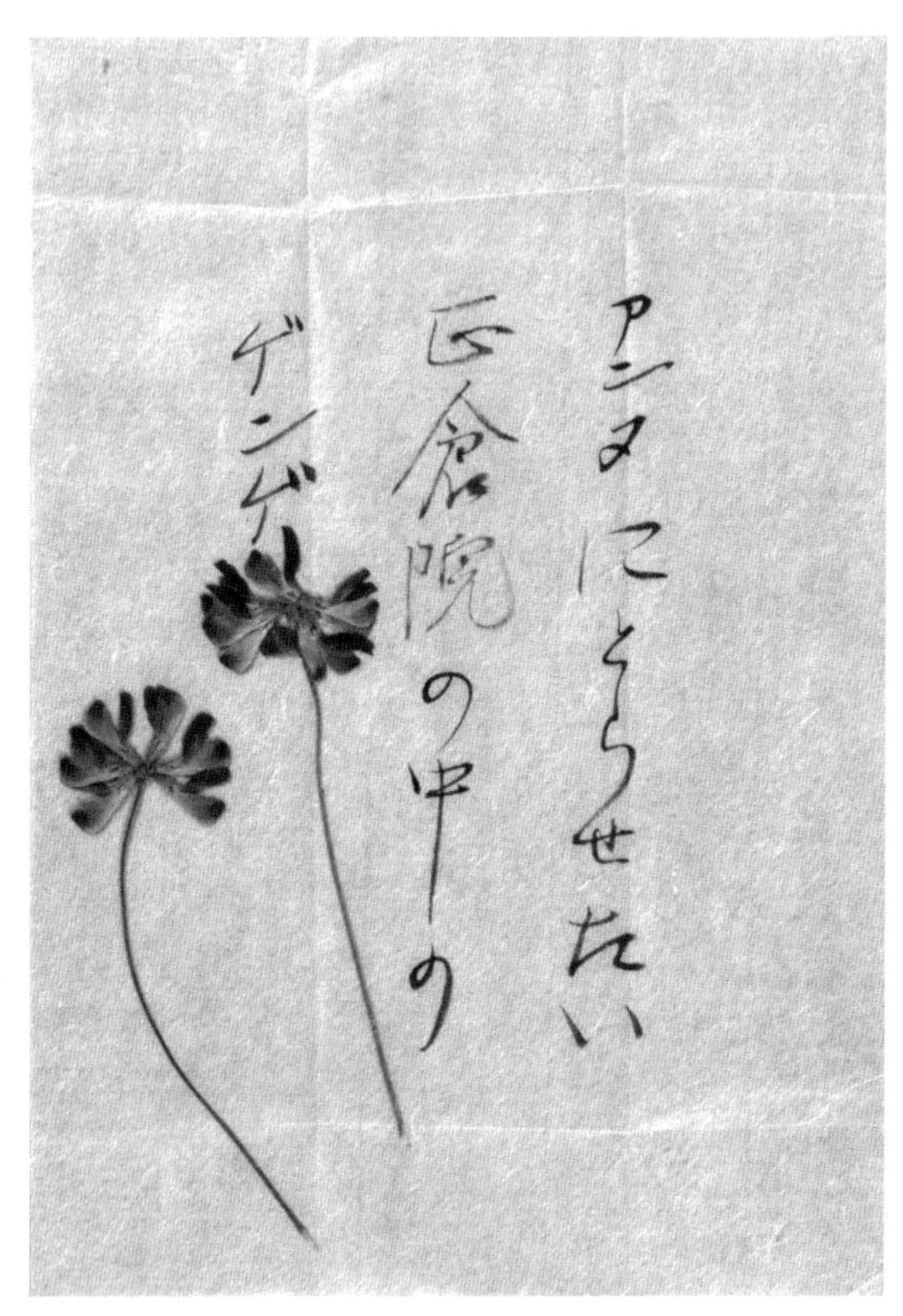

「アンヌにとらせたい正倉院の中のゲンゲ」
鷗外が次女杏奴に宛てた書簡と押し花（文京区立森鷗外記念館蔵）

第五話　去り難い小倉

帰京の日

明治三十二年六月。陸軍軍医監森林太郎少将が、北九州小倉第十二師団軍医部長を命じられた事件は、当時中央において数々の重責を担っていただけに、世間も森本人も陸軍省の謂れ無き冷遇だとの義憤を持った。しかしこの二年十ヵ月の小倉時代は、極めて有効に鷗外史の花と輝いた。

志が高く、世に多大な貢献をなす力量のある者を、神はお見捨てにならない。

公人としては、師団の兵士達に極めて質の高い教育を、土地の人達には九州の富人としての心構えを説き、彼等から多くの賛同を得た。これが世界情勢の不安な時代における国威発揚、国力向上に必要な資力と、九州の地理的重要性において後に大きな国力となった。

個人としては、難解な翻訳『即興詩人』を仕上げる時間がとれ、地方の視点からの中央に向けた医事評論や文芸評論『審美綱領』等を多発した。人間関係では師団長の井上中将と厚い親交を結び、更に学識交換の出来る生涯の友も得た。特筆すべきは、十一年間貫いた独身に終止符を打ったことである。

＊

明治三十四年。結婚を促す母からの夥しい手紙に全て断りをしてきたが、十数通目のその手紙にふと承諾するものを感じ、暮れの二十八日に小倉を立ち、大晦日に相手の女性の芝の邸で見合いをし、正月四日には千駄木の自邸観潮楼で式を挙げ、八日には連れ立って小倉に戻った。前後十二日間である。私的なことに時間を掛けない主義の人である。

妻は二十二歳、飛び切りの美人。夫は四十歳、飛び切りの英才。見合いの瞬間、夫は（こんな可愛い人が俺の妻になるのか、可哀想に）と思ったという。妻になる荒木志げは、大審院判事荒木博臣・あさの長女。女子学習院で学んだ才媛である。以前から森氏に関わる多くの情報を聞かされてはいたが、他人と馴染むことのない好悪の情の激しい人である。彼女の両親は心配し見守った。志げは森氏に会った瞬間にふっと心が安まり、曽て経験したことのない深い思慕の情を覚えたという。

これには両親は驚き、従姉の一人が「やめなさい。あんな色が黒くて、頭でっかちで、お化けのような人とは」と言ったというが、（何方が何と仰ろうと）と、志げはこの一瞬の思いを胸に、喜びと希望を持って遥か遠い最果て小倉に付いてきたのである。

果たして、彼女の生涯を支えた夫婦の愛の絆はこの小倉でしっかりと結ばれた。他人と親しむことの下手な志げであったが、生涯忘れることのない珠玉の日々を経験したという。小倉から帰京して始まった、馴染めない森の家族との生活。二年後に起こった日露戦争では夫が戦場へ征き、二年間留守を守るという若い妻には極めて厳しい日々であったが、常に、戦地からの夫の手紙と、小倉での思い出が慰め励ましてくれたという。

特にさる資産家の饗応を受けて赴いた太宰府で、最後の夜に窓から見た隣接する天満宮、その境内で焚かれた篝火の美しさは、志げの脳裏から消えることなく、勇気の源泉として輝いていたという。

篝火は濃紺の夜空をバックに十二基並び、赤々と燃えていた。菅公の鷗外夫妻へのプレゼントであろう。二人は引き込まれるように眺めた。力強く輝かしく頼もしく、そして優しくあたたかく、志げには傍らに立つ夫そのもののようであった。

この夜、休む時に夫の夜着が見当たらなく、やむなく志げが、小花を散らした鴇色(ときいろ)(薄桃色)の自分の長襦袢を着せて、二人で大笑いをしたという逸話がある。

＊

世間知らずの頼りない女性が、比類無き偉人、想像を絶する偉業を成しとげた人の伴侶をやりとげ得たのは、この小倉蜜月のお陰であった。

仮に鷗外が東京勤務のみであったなら——強い自我を持つ二人である、共に二度目の離婚経験者となったかもしれず、また偏見を浴びながら独身を通したかもしれない。当然、森鷗外夫妻の愛の物語はなく、鷗外はひたすら持ち前の博識を以て多くの翻訳物や学術論文を著したであろうが、文豪森鷗外が生まれたかどうかは疑問である。

長男於菟氏の名著『父親としての鷗外』に、「もし鷗外が一生を通じて少しも煩わされぬ賢夫人を持っていたら、学者としての大著述を残したであろうが、より以上の文学的著述を残し得たかといえば必ずしもしかりとは考えられぬのではないか」とあるように、鷗外小説の名作は夫妻の愛の二十年間に起こった思いがけない事実が核となって生まれたものが多い。元来、森鷗外という人は極めて想像力が強く、ちょっとの現象から果てしないほどに話を創造出来る人ではある。しかし、心安く女性と交情を持つことのない人であるから、小説の材料になるような刺激に出会うことは少なく、本来の女性の持つ真正性、妻という立場での女性の赤裸な姿を実感することがなかったのである。彼は志げ夫人によって「女性」を発見したのである。二度目の結婚の後、彼のどの小説のヒロインも、そこはかとなく志げ夫人を感じさせられる。

鷗外の最初の結婚は自己の感情の全く考慮なしの周囲の命令のような取り決めであったので、自らの結婚観をドイツで出会った恋愛を小説（『舞姫』）に著し、長男の出生はあったがこの結婚は自ら断った。しかし、二度目の結婚は母の極めて強い勧めであり、自身も、彼の知るドイツの然る教養人の聡明な夫人に伴侶の理想を見て憧れを持ったのである。

＊

三月二十四日。師団での森送別の会の日である。会場入り口に大きな立て看板が立ち、「陸軍軍医監医学博士森林太郎閣下最終講演及び送別の会」と大書してあった。式次第には森閣下惜別の辞「洋學の盛衰を論ず」とある。この講演はいわゆるぶっつけ本番で、十分な用意が出来なかったと冒頭で述べているが、後に名講演と高い評価を受けている。

森閣下の最後の講演ということで、講堂は将校達でいっぱいであった。講演がよく聞こえる隣室には、将校夫人達が集まっていた。

志げの姿を見付け皆集まってきた。親しくなった人達、特に東京出身の若い夫人達は志げの帰京を羨ましがって「お手紙をね」と固く握手し合った。

やがて講堂から万雷の拍手。講演が始まるようである。井上師団長夫人は演壇を注視し、「宅は常に、森閣下の学識は我が国の大きな国力だと申しておりますの。奥様こちらにいらっしゃいませ」と志げを窓際へ招く。

「師団長閣下。旅団長閣下。並びに満堂の諸君。予が今回期せずして東京に転職せらるることとなりし故を以て、上長官諸君は予を以て今宵の例会の賓客となし給えり。是れ予の深く感謝する所なり。然るに昨夕に及びて、旅団長閣下人を予の許に馳せて曰く、開会に先だちて講話せよと。倉卒(そうそつ)の間、此の準備にだに遑(いとま)あらず、唯々高嘱を拒むに忍びざるが為に、強いて此席に就きたり。諸君乞うに予の述ぶる所の孟浪(ろうもう)杜撰(ずさん)を咎(とが)め給うな」

　と前置きし、講演は始まった。

「世界の歴史は、三千年の久しきに亘(わた)り、西洋の間に一線を劃して、殆ど彼此(ひし)相聞かず相知らざる状をなさしめ居たり。希臘羅馬(ギリシャローマ)の開花を継承する西洋は幾多の興亡を閲し来たりて、其晩進国たる普魯西(プロシア)、魯西亜(ロシア)の全盛時代に至りぬ。支那印度の文明を相伝せる東洋は、一面に於ける我国と、他の一面に於ける支那朝鮮との間に、奇異なる懸隔を生じ、我国は却(かえ)りて西洋諸国と共に能動の地位に立ち、支那朝鮮は、独り所動の地位に甘んぜざるべからざるに至りぬ。何を以てか然る。是れ我国の西洋の学術を輸入したるが為なり。……」

　なお、講演はこの十五倍の長きものであった。

　隣室では、志げと同窓で上級生であった今川夫人が志げの顔色を見て小声で、

「森様、お加減がお悪くございませんこと」と言った。井上夫人は志げの手を取り、

「そう。ちょっとお悪いかも。奥様ご無理なさってはいけませんわ、少しご休憩なさいませ。

毎日のご多忙でお疲れでしょう。ご講演はさすがご立派ですね。もう少しお聞きになりたくいらっしゃると思いますけど」と言う。

「恐れ入ります。森の話というのは、いつもあのように難しいのでしょうか。分かりにくうございますね」と言った。

井上夫人は、(まあこんなにお美しい方が、何と率直に仰るのでしょう、よくは分からなくても、自分の夫の話ですから分かったように取り繕うのが普通ですのに)と思ったが、

「宅がいつも申します通り、森閣下の学識はさすがでいらっしゃいます。後で印刷されますから、それをゆっくりお読みあそばせ」と言った。部屋の中は、講堂の話はそっちのけで皆志げの周りに集まった。

「お風邪かしら」

志げは、もしやと思った。

「咳はないようでございますが」

「お咳がないとすると、もしかして」

「そう、そう」

「そのお顔色では、かもね」

「そう。お、め、で、た、ですわよ、きっと」

「それはとてもとてもおめでたいこと。お大事になさいますようにね」と井上夫人。

皆微笑み、講堂に響かないように軽く拍手をし、祝福を送った。志げは、口数は少ないながら心からの謝辞を述べ、皆と別れ、島と一緒に会場を出た。

途中、紫川の大橋常盤橋にさしかかった。志げが毎日、夫にお弁当を届けに歩いて渡ったこの橋も、もう渡り納めかと、車の幌を畳みしみじみと眺めた。帰宅した夫が、

「今日のは一段と旨かった。お志げのお家流かい？」等と仰るのを楽しみに渡った橋である。


三月二十五日。

明日はいよいよ小倉を立つ日である。志げは夫と一緒であり、父母妹の待っている所へ帰るので、嬉しくてならないはずだが、何故か気持ちが乗ってこない。言い知れぬ、別れ難い気持ちが忍び込んでいる。文字通り乳母日傘（おんばひがさ）で育ち、世の中の味を殆ど知らない人である。今までは、父母と妹と一緒であれば何事も無事に済んだのである。それが西の果て、九州小倉まで来たのであるが、不思議にもこの見知らぬ土地にしっかり馴染むことが出来、今や離れ難い土地となった。

小倉の風物、土地の人々の心、訪れた寺社、田園の散歩、野に咲く可憐な花々。小高い山の頂から一望した小倉の街、絶妙な日本海の風景。垣間見た軍人精神、仕事の傍ら学問に勤しむ

人のあること。将校婦人会で多くの人と親しくなったこと。これら全てが夫を通して見聞し体得出来たものであり、世間知らずの心身に大きな教訓を与えてくれた。

帰宅した志げは、片付いてガランとした二階の部屋を見回し、夫の温かい愛の空気の染みた、そして宝物となった愛の証を授かったお部屋に感謝し、細い指で静かに柱を撫でた。

鷗外夫妻のこの小倉蜜月は、共に真善美を一途に求めて生きた二人への、神の贈り物であろう。

＊

三月二十六日。

午後五時五十五分小倉発の列車で、東京に向けての出発である。小倉駅は町を挙げての大勢の見送りがあった。

志げは廂髪(ひさしがみ)にルビーと真珠を組み合せた茜色の髪止めをして、藤納戸の匹田絞りの着物に、花菱を織り込んだ渋い金茶綴れの丸帯を形よく結び、七宝の紅椿の付いた群青色の帯締めで締め、コートを着ずに、列車のステップに立ち「有り難うございました」と心を籠めて見送りの皆にお別れの挨拶をした。

「何とお美しい。お達者で」家主の声。

「森様、今度は同窓会でね。きっとよ」今川夫人の声。

志げは様々な人の声に会釈で応えたが、溢れる涙で顔を上げることが出来ず、島に支えられ、ハンカチーフで顔を押さえながらの別れであった。

鷗外が挨拶をし終えると列車は動きだした。「万歳」の声が響いた。門司まで送るという人がかなり居た。門司からは急行であった。志げは車窓から移りゆく景色にしっかりと目を当てた。暮れ泥む日本海が見えた。その波の上を小倉での思い出が走馬灯のように走る。暗くなった。窓の遮光板を閉め、袋帯を半幅帯に替え、やっとくつろぎ、二人きりになった。

志げはふと、小倉へ来る日に、新橋から列車に乗った時の夫の様子の不可解だったことを思い出した。見送りにきた夫の親友賀古鶴所が夫に何か耳打ちをした。それ以来夫は志げには語りかけることなく、軍刀を脇に本ばかり読んでいた。

「とても変でしたのよ」

「ははは、そうだろうね」

と笑いながら話してくれた。

「賀古の忠告はさ、凄い好い女だがあいうのには、必ず倶利伽羅紋々の兄いが後ろ盾についている。今に出刃包丁を持って脅かしにくるから気をつけろ、ということだった」

「それで用心なさったの」

「そう。俺は分かり切っていても用心はする」

「分かり切っていらしたの」

「うむ」

「どんなふうに」

「お前は背中に紋を彫ったような奴を好まんとさ」

「まあ！　よくご存じ。その通りよ。私ね、今まで好きと思う方にお会いしたことはなかったの」

「だろうね」

鷗外は志げを見つめた。生真面目に澄んだ瞳が美しい。形の良い唇は花の蕾のようである。日頃は何が起こっても深山の湖のように静かな人であるが、心に響く美しいものを目にすると、奥底にじっと仕舞ってある恋火が燃える。熱い接吻の後、鷗外は志げの体調を気遣い聞いた。

「月のものはいつからないのかな」

「今月だけよ。遅れてあるかもしれないわ」

「しかし体温が少し高いし、にゅうぼうがやや張ってきている。よい子が授かっている」

医師である夫の言葉である。「そう。嬉しこと」志げは心から喜び、子を成してこそ夫婦であると訴えたあの思いは正しかったと、黒目勝ちの大きな目でじっと夫を見つめ、しばし喜びに浸った。確かに、森志げという女性が、日本文学史に大きな貢献をなしたと評価しても間違いではない。

＊

途中広島、大阪等で鷗外の多くの知人に会った。大阪駅前の料亭後藤亭で小憩し、二十八日朝十時五十分新橋に着いた。大勢の出迎えがあった。家族は家で待つという。

千駄木の森邸観潮楼庭先には、大木銀杏が美しく芽吹き、森家一同が勢揃いして待っている。皆笑顔である。一番前に小さくちょこんと椅子に腰掛けているのは八十三歳林太郎の祖母清。彼女を囲み母峰、次弟篤次郎・久子夫妻、末弟潤三郎、妹小金井喜美子・良精夫妻と子供二人、鷗外の長男於菟。

家長であり、誇り高き息子であり、尊敬する兄。比類なき学者。研究家。評論家。森家の誇り、ひいては国の誇り……とそれぞれが林太郎に寄せる思いを胸に、今か今かと帰りを待って

7　この「よい子」は、後に仏文の名翻訳家といわれ、極めて独特の文筆家の森茉莉さんである。鷗外作品の最高傑作は森茉莉だという批評家がいるが、その美意識は誰も真似の出来ない独自性のもので、父鷗外に愛された娘ならではと言えるものである。

いた。四年間のドイツ留学に次ぐ長い留守であった。

＊

車を降りると志げは木陰に寄り、髪を撫で付け顔を直す。

「速いね、ああ綺麗になった」

島はくぐりから中へ入った。門が開いた。

「お帰りなさい」「お帰り」「ご無事で」「ご苦労さん」「お疲れでしょう」と、家族の口々から喜びと安堵が飛び交い、鷗外を取り囲む。志げは誰の目にも入らない。志げはたじろぎ、夫の軍服の袖を摑み、おずおずとお辞儀をする。

「只今帰りました。皆元気にお揃いで何より、小倉へは度々お心尽くしの品をお送り下さり有り難うございました」

すかさず清の声。

「まあまあ林さあには、達者でお帰り何よりじゃ。立派におつとめ、果たされたかの？」

「これはこれは、お祖母様にはお出迎え、かたじけなく存じます」

「おつとめを果たされたかと聞いとるんじゃ」

「はい果たして参りました」

「ならよろし」

「ははは、このばばにして、この孫ありじゃ」

篤次郎が茶化す。

「お前と違うて、林は大将じゃ」

「いやおばば、少将ですよ、少々違うな」

「なんの、林は森家の大将じゃ」

「はっ。恐れ入り谷の鬼子母神」と言い、目が母峰に向く。待ち構えていたように峰は、愛しさを込めて言った。

「林、ご苦労でしたの。よう務めたようで安心しました」

「留守中の母上のご苦労、また様々なご配慮、忝(かたじけの)うございました」

折り目正しい挨拶である。志げも一緒に頭を下げる。

「何の、家に居る者の苦労なんぞは何でもありません。お疲れでしょうに、すぐ着替えをしんさい」

久々に聞く母上の声である。鷗外は「はい」と言い、「……志げ」と、挨拶をするようにと促した。

その時、下の方で再び祖母の声がし、志げの顔を見る。

「まあまあ、あんたさんが、林太郎のお嫁さんかえ、皆の言う通り、美しいお人じゃ。ほんにお月さんのようじゃ。志げさんというたかね」

「はい」

「わしは、林の婚礼の時は風邪で伏せておりましたで、出られなんだ。それで、志げちゃんを見たいと、毎日毎日思うとりました」

「まあ、それは恐れ入ります」

志げは屈み込み、清の手をとる。清は志げの手を擦り、しみじみと言った。

「林はわしと同じじゃ。連れ合いが良くなきゃ貰わんのよ。わしの婿の伯仙さあは、そりゃそりゃ良い男前で、学問が出来る立派なお人でありました。林はその生まれ代わりですがね。志げちゃん、これをよっく覚えておいて頂戴」

「はい。ようく覚えておきます」

清は嬉しそうに志げの背を撫でる。皆微笑む。喜美子は待ち兼ねたように兄の傍に寄り、

「お兄様、お手紙では沢山の教えや励ましを有り難うございました。お影様で家政にも心して尽くせるようになりました。お疲れのところですが一言御礼をと思いまして」と言う。

「それはよかった。今度王陽明の『伝習録』を蔵書の中に加えたから読んでごらん。ありふれだが面白いよ」

「愉しみに拝見いたします」

峰に押されるように於菟が父の前に出る。

「おうブクリ坊。合格おめでとう。よく勉強したぞ」

父鷗外が頭を撫でる。

「はい、父上のお陰です」

「いやあ、お祖母さんのお陰だろう」

「いえ、ドイツ語のご指導です」

「あれはよくやった。お前の努力の賜だ」

鷗外は小倉から手紙で遠隔指導を行ったのである。

志げは夫に摑まり、夫と家族の繫がりをじっと見ていた。家族のそれぞれが、相当強い綱を夫の首に掛けているようである。この綱を皆が引くと夫がばらばらに壊されてしまうのではないかという恐怖感に一瞬襲われたが、（いいえこの方はどんなに強い力でも壊れることはない）と思い返したが、森家の家族の大きな厚い壁に途方に暮れる思いであった。

この志げに対して家族は、森家の誇り高い大黒柱の伴侶ということで、年は若いが皆のお姉様、兄嫁様なのであり、皆一目置いていた。それに、志げは他人に馴れることのない、他人が近付きにくい人である。気さくで明るい篤次郎さえ音なしの構えである。皆腫物に触るようであった。この日志げに声を掛けたのは祖母の清一人だけであった。この清と志げの細い絆は清が亡くなるまで続いた。志げが大切にした家族との唯一の繋がりであった。

＊

出迎えが終わり、皆家に入った。

「さ、上がりんさい」

働き者の峰は、次の仕事がもう頭にあるようだ。志げが林太郎の差し出す手に摑まり、上がり框を上がろうとするのを見て、（何をぐずぐずしとるんかね、さっさと上がって、やるべきことをやらんと、じきに客が来るがね）と思い、

「じきに荒木さんがお見えとよ」と言った。志げは小声で「さようでございますか、恐れ入ります」と言い、差し伸べてくれた夫の手に摑まり、上がる。長い廊下を歩きながら鷗外は優しく志げを支え、「お疲れだろう」と長旅を気遣う。

「はい」と正直に答える志げ。

「そうだろう」と優しく抱え慈しむ夫。

この二人の後ろ姿を見て、峰は、（あれは何だね。林太郎ではない。まるででれすけだ。嫁がいけんわ！　妻は夫の後を静かに付いてゆくのが当たり前ではないか。立派な夫、最敬礼をし

ても惜しくない夫だがね。それが何だね、夜鷹ではあるまいに、しなだれくさって）と思い、じっと睨み付けた。賢母峰ではあるが、明治時代の姑であり、久々に最愛最高の息子に会ったのである。愛しい宝物の息子に早くお茶を淹れ、二人でゆっくり話がしたいものだとの思いで、理性が飛んでしまっていた。

第六話　嫁姑の確執

メービウスの環

明治三十五年三月二十八日、森鷗外は一月に結婚した新夫人を伴い、小倉から帰還した。森家では大切な我が家の大黒柱の無事のお帰りに、安堵と喜びに溢れ、総勢の出迎えであったが、不思議なことに、夫に寄り添う志げ夫人に声を掛けたのは、祖母の清一人であった。

*

ほぼ三年間留守にした観潮楼は何の変わりもなく、書斎はそのままであった。続く八畳間が夫妻の部屋となる。小倉に付き添っていった女中の島が荷物を持ってきた。鷗外は床を延べ、志げを休ませるように頼んで、自分は着替えをし、茶の間へ行った。母と妹喜美子は卓袱台(ちゃぶだい)でお茶を淹れている。懐かしい香だ。

「あ、お兄様、お茶が丁度よく入っています」

喜美子は、兄が以前から使っていた湯呑み茶碗に注いで差し出す。

「ふむ。有り難う」

彼はこのお茶の味と湯呑みの口当たりに、まさしくわが家に帰ってきたことを実感した。

「志げさんは？」同時に二人が聞いた。

「疲れたようなので、休ませました」

「まあ、若いもんが疲れたの何のはないでしょうが、それにあん人は挨拶が出来んのかね」

先刻の出迎えの時のことらしい。

「そのようですね。あまりしませんね。よく教えましょう」

「教える？　仕様もない。わたしがあの年にはお前は六つで、篤次郎もいましたがね」

喜美子が取り成す。

「母様、時代とお育ちが違いますよ」

「そんなもんかね。久ちゃん（次男篤次郎の妻）や、おせきみたいに可愛いといいんがね」と嘆息する。

おせきとは、森於菟著『父親としての森鷗外』に、

「父林太郎の独り身を案じた祖母が、もと士族で千住で相当の位置にあった人の未亡人で、『うまずめらしい』というところが祖母のめがねにかなって、息子の身の回りの世話をさせよう

と雇った女性で、鷗外の隠し妻という者も居る」とある。

隠し妻とは「お妾」と呼んで、妻のように侍らせた妻以外の女性。当時は男の甲斐性を表すと言われ、何人かを公然と連れ歩く者もいた。昭和に入っても国会で「〇〇大臣は、妾が二人いるそうですが……」「いや三人だ」という答弁を聞いたことがある。

森鷗外の場合、母峰の手伝いのおえいさんの話として、

「おせきさんはいい人だけど、こちらの旦那さんとはお話が合わなかったらしいですね、ご隠居さん（峰）が、『もう随分おせきのところへ行かないから、気晴らしに行っておいでよ』とくりかえしおすすめになっても、『うん、うん』とおっしゃるきりで、時には出掛けても一時間くらいでお帰りになるのでご隠居さんが『せきはおらんかったかね』と聞かれると『いましたよ』『何してたんかい』『お茶を淹れて、菓子を出してくれました』『お前は』『本を読んでいました。甘いものは頭を使うものには有り難い』っておっしゃるのですから」

というのがある。

知に〃疒〃の付くのを極端に嫌う鷗外らしい。

「志げさんも、あん人達のように可愛いといいんだがね」

と峰が思い出したように言う。その母の嘆息に、息子は吐き捨てるように、

「正直でなくて可愛いのなんて、真っ平だ」と言った。

峰は驚いた。息子のこんな反応はかつてなかった。（ふむ、志げさんのせいだ）と思った。

「林太郎。今から甘く見られてはいけんよ」

「あの人はそういう類いの人ではないですよ」

「駆け引きを知らんということかね」

「そのようとも言えますね」

「そりゃ、利口とは言えんわ」

「母上のご心配は本人によく話しましょう。久々に美味しいお茶を頂きました。ご馳走様、お喜美、後で本を届けるよ」

「ありがとうございます」

鷗外は新聞を畳み葉巻を銜え、茶の間を出る。峰は娘と小倉土産の珍しいお菓子を味わい、上機嫌だ。元来、他人の心情にお構いなしの人ではあるが、娘と二人の久々のお茶で、遠慮のない声高の会話だった。

「林がもう尻に敷かれて、でれでれしている。あれが気に食わんわ」

「大丈夫よ。お兄様のことですもの、しっかり教えなさるわ」

「そうかね、それならいいけど。それにしてもあの嫁入り道具には驚いたよ。見たことない物ばっかり。金砂子の蒔絵のお厨子ですと」

「お琴の袋にも、立派な金糸の縫い取りの定紋がありましたね」

「琴は袋じゃないわ、腕ですよ」

「腕もよろしいかも」

「いつか聴かせてもらいましょう。それに着物がまた凄い上等が仰山あってね、でも立派な嫁入り道具の中に本が一冊もないんだよ」

「それは、女には学問はいらないというあちらのお母様のお考えのようですよ」

「だってお前、お父上は漢学の先生で、林がご指導頂きたいと言ってるほどなんだよ。まあ、あの母親じゃね。また字がえらくまずいそうだよ」

　母娘の遠慮のない会話だ。

　一方部屋に戻った鷗外は、丁度目を覚ました志げに、母上に挨拶をするように話した。

「起きられるかい」

「はい。ちょっと休みましたので大丈夫」

　お湯を入れた荒木家の家紋付金盥（かなだらい）を島が持ってきた。志げは体を拭き、顔を整え、着替えをして茶の間へ向かった。鷗外は葉巻を燻（くゆ）らせながら、（俺がついていく必要はないだろう）と思っていると、間もなく志げは戻ってきた。

「どうした」

「だめだめ」首を振る。

「お二人がね、お嫁入りのお支度の中に本が一冊もないってお笑いなの。それに荒木の母のことを、あの人じゃねって仰って……」

志げはうつむく。

「ふむ、それは価値観の違いというものだ。どちらが正当とは言えない。自分の人生に何を選ぶか、如何に生きたいか、それは選ぶ者の自由だ。等級を付けることは出来ない。そんなことを気にしてはいけない。荒木の母上は、俺には有り難い方だ」

「分かりました。でも今日はもう、ご挨拶には行けません」

「ああ、いいだろう」

森家の嫁姑バトルの始まりのようである。

志げの懐妊が正式に知らされてから、峰は志げを相当に大切に扱ったが、峰の経済感覚では、志げの消費感覚が気に入らず、その意見の違いが林太郎を悩ます種となった。前夫人の華族の令嬢をも、峰は浪費家として仲人を介して忠告したことがあったが、姑の倹約精神が、若い嫁達に通じなかったのであろう。

＊

明治三十五年の秋が終わり、森邸観潮楼の裏庭の花畑も淋しくなった。林太郎夫妻が小倉から帰京して八ヵ月が過ぎた。

志げは大抵居間で縫い物をしていた。針仕事を好まない峰は大喜びである。その日、志げは先妻の子於菟の着物を縫っていた。志げの実家、荒木の母が於菟用にと久留米絣を一匹（二反）届けてくれたのである。これで対の着物と羽織が出来るので、お正月に着せ、於菟ちゃんが皆に少しでも可愛く見られるようにとせっせと縫っていた。

障子が開いた。

「林や、林はおらんけね」

姑峰が顔を出す。

「まあ、この部屋は暖かだ。ばかに炭の減りが速いと思ったが、このせいだわ」と言いながら、志げの縫い物を見る。

「志げさん、有り難うよ。この正月には、於菟にこれを着せてやれるね。良かった、良かった。よく出来てる、出来てる」

と峰はご機嫌だ。志げは、事務的口調で言う。

「林太郎さんにお伝えすることは何でしょう」

「ああ、そうだね、今月の給料が先月と違うのはどうしてなんかねって聞いておくれ。それと志げさん、予定日はいつだったかね」

「一月四日です」

「おや、もう一月とちょっとだ。荒木さんでは、お支度がしっかり出来ていなさるだろうか。早まるといけんからさ」

「出来ておりますと存じます」

「ほなよろし、加勢で仕上げんしゃい」

　と出ていく。入れ違いに林太郎が入ってくる。

「あなた、今あの人がいらしてよ」

「母上かい。あの人というのはよしなさい。ちゃんと、お母様と言いなさい」

「私はあの人から生まれたわけではありませんし、子になりに来たわけでもありません」

「夫の母親は、お母様と呼ぶものだ」

「それは尊敬があっての呼び方ですわ。私にはありません。あなたのお母様とだけは申します」

「うむ、尊敬も愛情も強要は出来んからなあ」

「この二つはあなたにだけよ」

　鷗外は腕を組む。志げはせっせと針を運ぶ。

「ご用はね、先月と今月の俸給が違うのは何故か、ですって」

「結婚の手当の違いだろう。年末だから」

「俸給と言えば、私はこのお家へ来てから一度も頂いておりませんけど」

「それは母上が役所へ取りにいくんだろう」

「とても、いやですわ」

「金のことなど言わぬがいい」

「余所のお金を言っているのではないのよ、あなたの収入を妻の私が知らないのはいやなの」

「ここの家族の会計は母上がすることが慣例になっている。皆必要なだけを頂いている。お前も必要なだけを言えばいい」

「それがね、とても気持ち良くは頂けませんの、お断りのこともあるのよ。ですから、私の入り用はずっと荒木の母に頼んでますの」

「それはいけない。後でお返ししなさい」

「母は、私の無心で何かを言う人ではないのよ、でも度重なってしまうと、お願いしづらくなって」

「そりゃそうだ、お前は森家の一員だ」

「一員？　それが嫌なの、私はあなたの妻だけでいたいの、二人だけでいたいんですよ。小倉でそうお約束したではないの」

「それは俺も望むところだった。だがこうして帰ってみると、ここは俺の家だ。祖母には待望の初孫だ。母にとっては辛苦を重ね、心を尽くして育て上げた長子だ。弟妹にとっては模範と見ている兄だ。役所では役目が沢山ある。どれも果たさねばならんのだよ。それに親に孝養を尽くすのは子の務めだ。最も尊い人の道だ」

「変な人でも？」

「母はわたしには最高の庇護者であった。おそらく、ご自身の命を掛けても惜しくないと思われるほどであったろう。この方に孝養を尽くすのはわたしの務めだと思うが、どうだろう」

「あなたは最善をお受けなのですから、どうぞ孝養をお尽くしあそばせ。それには何の異存もございませんわ。私はあの人から何もして頂いておりません。むしろ頂くのは気持ちの悪い思いばかり。最悪。私はどうしたらよろしいの」

「うむ、孝道を歩むのはわたしの喜びなのだが」

志げも今まで夫の喜ぶこと、それが第一に大切と考え、努めてきた。

「あなたの喜びは私の喜びと考えて参りました。では逆に伺いますわ。私が悲しむこと、つらくてならないことは、あなたにとってはお喜びですか、悲しみですか」

「それは悲しみだ」

「では、もう一つ伺います。私がどんなに悲しくても悲しまずに我慢していることはあなたにとってお喜びですか悲しみですか」

「喜びとは言えないな」

「それなら、結局私の悲しみはあなたの悲しみですから、私に悲しみは与えないで頂きたいわ。喜びも同じですわ。あなたの喜びは私の喜びなのですから、私は沢山の喜びを頂きたいですわ、悲しみはいりません」

「うーん、これは果てしないメービウスの環だ。人類永遠のテーマだ」

鷗外が腕を組む。奥で「林、林は居りませんか」の声。志げは耳を塞ぐ。「おお嫌(いや)、あの声、あなたはあの声がお嫌とお感じになりませんか?」

「うむ、確かに優しい声ではない。気の勝った男のような気性だからね、しかし気になるほどではない」

「四十年間、お聞きですものね、私は嫌いよ。今まで聞いたことがない声、嫌(きら)い嫌い。あの声が聞こえない所へ行きたい」

「林、どこへ行ったかね」の声が通り過ぎる。立ち上がり出ていこうとする林太郎だが、着物の裾を志げに押さえられ、もんどりを打つ。

「いらっしゃらないで、今はあんな人の所へ行っちゃ嫌。汚くなってしまう」

「困ったことを言う人だ」

「困らないで頂戴。あなたが困るなんて似合わない」

「ははは、分かった。行かないよ。今は体を大事にして、心を静かに保って、よい子を産むことだ。いいね」

鷗外は優しく志げを愛撫しながら、このようなことを考えた。

（声が嫌いだと言う。そういえば、小倉でも遠い鐘の音を淋しいと言った。この人には音に対する異常な感覚があるのかもしれぬ。近頃これを神経の病として研究している学者もいるようだ。生活環境が変わった中で起きる場合もあろうが、これが、本人にも周りの者にも苦労の種とならねば良いが……）と。

＊

翌明治三十六年一月七日、志げは明舟町の実家荒木家で女の子を産んだ。後に天才的文才と称賛され、読む者を魅了してやまない文筆家森茉莉の誕生である。

茉莉は、一貫目を超えた大きな赤ん坊だった。黒目勝ちの口元の小さな美少女である。志げはこの出産時の出血と食物の好き嫌いから衰弱した。女性の出産に伴う出血多量は、不安と猜疑心を引き起こす。志げは、今で言う不安神経症を後まで引きずることになる。

父母のいる家でさえ、夫のいないことが淋しくてならなかった。師団から帰る夫の馬の蹄の音も、志げには遠くからはっきり聴きわけられた。「島、旦那様がお帰りだから、お湯を沸かして」と言い付ける。夫は茉莉をいとおしんだ。可愛いね、可愛いねと慈しむ姿に志げは何よりも嬉しく思ったが、夫が千駄木に帰る時には、自然と涙が出てくる。

「お前が元気でないと茉莉が可哀想だ。ご両親にも俺のためにもだ。何でもよく食べて元気を出しておくれ」

どこから湧いてくるのか、夫の優しい言葉は、弱って細く鋭くなった志げの神経に安らぎと活力を与えてくれた。

産後の肥立ちを見計らって、志げ母娘は婚家観潮楼に帰った。清お祖母様に曾孫茉莉をお見せ出来ることが、志げの一番の楽しみであった。後年、茉莉が廊下でとんとんと突く鞠の音を気遣う志げに、「いい音だよ。茉莉ちゃんが元気だって分かって嬉しいよ」と喜んでくれたお祖母様だ。

「志げさんや、あんたさんが帰ってみえたんで、明日からまた林のお見送りが出来ますね」と喜んだ。林太郎の出勤の見送りがしたいという清を、志げが毎朝玄関まで手を引いて、並んで手を振った。

「りん、しっかりおつとめをはたして下されよ」と、毎朝同じ祖母の励ましだが、式台に立つ林太郎（鷗外）は、いつも満面の微笑で、「はい、行って参ります」と敬礼をした。

時々、奥の方から「ばあさんは見送らんでもよろし」という声があったが、二人は手を繋いで馬のひづめの音が聞こえなくなるまで見送った。志げはこの祖母の手を引くことで、細々ではあるが、森家との絆を感じていたのである。

*

その後、嫁姑の軋みは茉莉の可愛さによってしばし平穏が保たれた。

第七話　日露戦争勃発

二つの留守家族

茉莉が誕生してほぼ一年が経った頃、日露戦争が勃発した。日清戦争の講和条約で日本が得た遼東半島を、ロシア、ドイツ、フランスの三国が干渉して返還させた。日本を小島国と軽んじての三国干渉である。特にロシアはツァー（皇帝）の南下政策の好餌としての日本という目算であろう。日本から清国に返還させた満州に、シベリア鉄道と並行して東清鉄道敷設権を獲得し、侵略を進めた。この間、日本政府は我が国当然の権利であると、これらの列強国と辛抱強い外交を進めた。更に、中国人民の反帝国主義集団による義和団事件の鎮圧には、連合国の中で日本が一番貢献し、「極東の憲兵」と評され国際的地位を高めた。これらによりイギリスの先見の明が「日英同盟」を成立させた。

ロシアは日英同盟の成立を見て、満州の占領政策を改め、露清条約を締結し、満州からの撤兵を約束したが、特殊利権と称し、東部中国から撤兵せず、占領状態を続けていた。これを不当であると日本政府はロシアに撤兵を促し、第二次撤兵条約を結んだが再び実行はしなかった。そのうちにロシア政府内では穏健派が退けられ、強硬派が総督に就任し主戦派主導となる。故に益々日露間の妥協点は見出せなかった。やがて日本政府に南満州から鴨緑江周辺にロシアの軍隊が相当数集結しているという情報が伝えられた。約束を守らないばかりか不穏な動きをするロシアの態度に、日本国内では、「七人会」と呼ばれる、ある高名な知識人の集まりから、政府に対して対露強硬意見が出された。一方社会主義者やキリスト信者の間では非戦論が出され、戦争に傾く政府批判があったが世論が黙ってはいなかった。ロシア側の第三次撤兵不履行に沸騰したのだ。日本政府は明治三十七年二月十日、対露宣戦布告をした。

＊

その日、大審院判事である志げの父荒木博臣は、美しい広い庭に面した座敷で新聞を読んでいた。深刻な面持ちである。

「奥はおるか」

「はい、只今」

妻女阿佐がやってくる。

「お志げはどうしてる？」

「茉莉ちゃんを寝かし付けていいます」

「お茉莉は丸一つになったな」

「ええ。しっかりした一つ。森様がお可愛くて、抱っこなさったら離さないんですよ」

「ふむう」いつになく暗い頷き（うなず）きである。

「如何なさいました」

「外交が決裂した。戦（いくさ）だ」

「戦？　よその国とですか」

「露西亜（ロシア）だ」

「まあ、あの大きな？」

「うむ」

「そうなりますと、森様はご出征？」

「勿論だ。軍医部長としてだろう」

「まあそれではまた志げちゃんが可哀想なことに……前の人は芸者で、今度は戦争で」

「馬鹿なことを言うな」

「でもあなた……」

それは志げが十七歳の時であった。降るような縁談がある中で、さる財閥の子息で美男で名高い人との縁談が纏まり式を挙げた。しかし先方に馴染みの芸者がいて、命を懸けて彼を好いているのでと、死ぬの殺すのとの大騒ぎが起こった。名家であるので新聞が面白おかしく書き立てた。志げの父は、婚礼の二十日後に娘を引き取った。婚家からは志げさんには何の瑕疵（かし）もないのでと、詫び状に添えて二千円の弁償金が届いたという過去があり、娘の心を思う母親ならではの心痛である。

一方この結婚解消という異常事態に遭遇した志げは、年端がいかないながら（わたしが夫と考えるお人は、お金や顔ではない。立派にお仕事をなさっている人）と決めたのである。その後のどんなよい縁談も断り続けている。行き遅れが母親の心配の種であった。

その頃、荒木家の親戚で同郷佐賀出身の東京大学法学部学生山口善六が荒木家に下宿していた。彼は森林太郎（森鷗外）氏の信奉者であった。荒木家に帰ると毎日のように森氏について生い立ち、神童時代、学業、成績、医師、軍人、文学者（小説家）としての業績や功績を熱心に語り、最後に必ず志げに見合いを勧めた。いつも父の傍らでじっと聞いていた志げは森氏の評判の小説『舞姫』を読んでいた。志げの母校学習院華族女学校では小説類を読むことを禁じていたが、友達と隠れて読み合った。（尾崎紅葉の『金色夜叉』は皆涙を流していたが私は好きではなかった。でも『舞姫』の作者のお心はきっと綺麗）と読んで思ったので、この見合いを承諾した。父母は驚いた。見合いは荒木家で行われた。当日、志げの支度部屋へ、従姉のいねさんが駆け込んで来た。

「おむこさんて人、大変よ。色が真っ黒で、おでこがてかてか光ってて、お化けみたい」と知らせてくれたが、志げは（見方の問題よ）と、そのお化けのような人に早く逢いたいと思った。

きびきびした身のこなし、優しい仕草、慈愛に満ちた眼差し、低いが柔らかい独特な声の響き、善六さんの話にはなかった目の前の森氏に志げの神経は不思議に安らいだ。志げは森氏に強く惹かれた。初恋の想いである。父母が席を外し二人になった時に、極めて無口な志げが真っすぐに森の目を見て言った。

「どうぞ、このままお連れ下さいまし」

小さな口元から鈴がこぼれるようであったという。一方の森は（こんな可愛い人が俺の妻になるのか、可哀想に）と思ったという。

＊

「何とか森様がご出征されない方法はないのでしょうか？」

「あるわけが無い。わが国存亡の瀬戸際だ」

「それは大変なことですわ。でもまた兵隊さんが亡くなりますね」

「戦争はしたくてするものではない。先の日清戦争終決の時にも、我が連合艦隊司令長官伊東祐享閣下が清国の丁汝昌提督[8]に降伏を勧める手紙を書かれたが、『閣下、不幸な巡り合わせから我々は敵同士になりましたが……』と、切々として情理の籠もったものであった」

「戦争は、なさりたくなかったのですね」

「うむ、丁提督はこれをしっかり了承され、降伏に応じられ、漢詩一遍を残し自害された。これに対し伊東長官は、日本海軍の最高の礼を以て報いた。提督のご遺体を乗せた我が大艦康済が港を出る時には、全ての戦艦が半旗を掲げ、礼砲を放ち敬意を以て弔った。これには世界中が驚いて注目したと報じられた。我々日本人の持つ礼節だ。武士道の基本だ。この我が国と清国が交わした条約を、汚い手を使って干渉し破棄させた三国の首謀が、恥知らずにも清国の東を取り、次に朝鮮。朝鮮を取れば次は日本だ。礼節を弁えぬ毛唐どもの土足で、我が国を踏み荒らさせてなるものか」

「さようでございます。では私達女も力を合わせねばなりません。志げによく話しましょう」

「ふむ、これが一番難しいが」と志げを呼び、彼女の受ける打撃に配慮して父母は慎重に話した。

8　鷗外の歌集に、『丁汝昌が故宅に梅の花のさけるを見てよみ侍りける（軒ちかくさくやかたみの梅の花あるじのしらぬ春にあいつつ）明治二十八年二月二十二日』とある。

志げは父母の話を聞くとすぐ、茉莉を実家に預けて、千駄木の観潮楼へ急ぎ帰った。

帰宅した鷗外は、志げの帰ったのを直感し、夫妻の部屋に直行する。青ざめ憔悴した妻が炬燵に頬杖をついて前を見つめている。

「どうしたというのだ。その顔は」

「あなた、行っては嫌、嫌ですよ」

夫の胸に顔を埋め泣く。

「行かないよ、帰ってきたんだ。何が起きたのだ。茉莉はどうした」

「明舟です。ろくやが見ています」

「そうか、それなら安心だ」

床の間に軍刀を横たえ、和服に着替えると、袂（たもと）からハンカチーフを取り出し、志げの涙を拭く。志げはそのハンカチの仄かなハバナの香りにふと安らいだ。志げの狼狽の原因は分かっていたが、鷗外は明るく聞いた。

「何があったんだい、死にそうな顔をして。お前はもうしばらく荒木さんにお邪魔させて頂くんじゃなかったのかい?」

「ですけど、さっき父から戦争が始まる話を聞きましたの、本当でしょうか?」

「ああ本当だ。俺もそろそろ話そうと思っていたのだよ。俺は必ず帰ってくるから、取り乱さずに聞いておくれ」

「父も全く同じことを申しましたわ、でも」

「お父様の仰ったことは、おそらく間違いはなかろう。今、日本は重大な時を迎えている。日本中の男達が総力を挙げて国を守らなければならない。お前と一緒になってまだ二年。俺が可愛いお前と茉莉を置いてゆくことがどんなに辛いか、お前にもよく分かるだろう。俺にとって地位や金なんぞに代えられぬ宝がお前達なのだよ。しかし、人間が個人として幸せに生きるためには、国も社会も良くなければならない。理想を言えば世界中が良くならなければならない。しかしこれは大分先のことになろう。今は身近に危険が及んでいる。何としてもこの危険を排除しなければならない。お前達を守るためなのだよ」

「でも私には、あなたのいらっしゃらない理想なんて意味がありません」

「うむ。分かるが、よく聞きなさい。第一線の兵士には申し訳ないが、軍医のいる所には敵の攻撃はないのだよ。野戦病院を攻撃してはならない国際条約がある。軍医には敵味方を超えて、なすべき義務がある」

「敵の病人も診るのでしょう」

「その通り。よく知っていた」

「でも、あなたお一人ではないのでしょう」

「うむ。直接治療に当たるのは一軍団二十万人として二千人くらいかな」

「二千人も？」

「今度は数軍団になろうから相当数になる」

「それなら、あなたお一人くらい、いらっしゃらなくてもよろしいでしょうに」

「でもだ。俺は司令部の人間で軍医部長だから一軍団に一人。第二軍の軍医部長として、お一人なのさ。それで行かなくてはならない」

「そ、そうなの……でもお別れは淋しいわ」

「俺だって淋しいよ」

「それなら私も連れていって下さいませ」

「何を言うか。俺だって出来ることならお前を連れていきたいよ。だが物見遊山ではない。戦場は地獄なのだ」

「あなたとご一緒なら、地獄でも構いません」

「俗歌のような馬鹿なことを言っては駄目だ。戦争とは敵味方お互いの命の取り合いなのだ。数知れぬ戦死者が出るだろう。この度は大国露西亜に絶対に譲ることが出来ない戦だ。日本中の戦える男子総出の戦いになる。女一人がうろうろしているわけにはいかない」

「うろうろなんぞしませんわ。私は結構敏捷よ。髪も切ります。顔はどうせ男顔ですもの。軍服も似合います。男の戸籍を取ります」

「おいおい、またしてもそんな。いいかい、お前をどうしても必要な人がいるだろう」

「あなたでしょう？」

「違いはないが、もう一人いるだろう？」

「茉莉ちゃんね」

「置いていかれるかい？」

「それは駄目。いかれません」

「だろう？　俺の留守の間は、あの可愛い俺達の宝を本当に守れるのはお前だけなのだよ」

「はい」

「やんちゃを言わず、大事に育てて待っていておくれ。そうだ志げ、俺は手紙を出来るだけ書いて送るから、お前もその日にあったことや思ったことを、日記を付けるように書いてお寄越し。清少納言だって言っているよ。『はるかなる世界にある人のいみじくおぼつかなく、いかならむと思うに文を見れば只今差向いたるようにおぼゆる。いみじきことなりかし』とね」

「昔の人も同じでしたのね」

「うむ、そうだろう。また『わが思うことを書きやりつれば、あしこまでも行き着かざるらめど、心ゆく心地こそすれ』とね。まだ着いていなくても満足した気分になるとね。うん、確かに手紙はいい」

「あなたは古典をよくそんなに暗記なさって」

「いや、暗記なぞしてないよ」

「だってよく仰られるじゃありませんか」

「お前だって、お友達がねとか、婆やがねとか言うじゃないか。歌舞伎の名台詞もうまいじゃないか。それと同じさ。俺は、清少納言はねと言ったまでさ」

「やはり、あなたのおつむりは図書館だわ」

「はっはっは。手紙は出来るだけ出す。返事は必ずする。約束だ。こういう時は志げ、指切りをしなければいけないね」と、小指を出す。

この指切りで、志げに安定した少女時代の心が蘇り、第二軍軍医部長はこの卓抜な心理作戦で難しい第一関門を突破し、心置きなく日露開戦に向き合うことが出来たのである。

出立前夜。志げは夫の温もりに包まれ、死なぞ少しも怖くはなく、この方とお別れするならこのまま死にたいと思った。その時、耳元で夫は静かな声で言った。

「まりをたのみますよ」

神のささやきと紛う声に志げは覚醒し、涙をこらえ健気に応えた。

「はいきっと。あなたもご無事で」

「俺は大丈夫。安心して待っていておくれ」

志げはやっと納得した。

＊

一方、観潮楼の茶の間では、主人林太郎の日露戦争参戦を名誉あるものとして受け入れ、武運を祈って神棚には灯明が灯され、お神酒が供えられ「武運長久」と書かれた奉書が捧げられた。峰と清は柏手を打ち、祈願した。

「お早うございます」と、林太郎が入ってきた。

「ああ、林、お早う。お志げちゃんと茉莉ちゃんは如何じゃ」

戦時中、二人は志げの実家に世話になることになって千駄木を離れている。

「お陰様で元気のようです。お祖母様もお元気で何よりです」

「ありがとう。二人がおらんと淋しいね」

「戦争が終われば帰りますがね。それより林、身体拭きは済まされましたか」と聞く峰。

「はい、済ませました」

清は怪訝そうに聞いた。

「林さは未だに風呂に入らず拭くだけかね」

「はい」

「それでは綺麗にならんじゃろう」

「何の、林は綺麗ですよ。葉巻の匂いはするけど、垢の匂いはしない。あん人達と違うわ」

「ああ、子規さんと、緑雨さんじゃろう」

母と祖母は顔を顰める。鷗外はくっくと笑う。

「お祖母様は、綺麗好きですから」

「いや、私達は普通だよ。あん人達はそれはひどいものじゃった」

「子規さんがかゆい、かゆいって、胸の辺りを掻くと爪が真っ黒になる。それでも、まだ掻いて、黒い垢をぼろぼろ落として帰るから、座ったあとの座布団が真っ黒」

林太郎には、志げに「まるで茶の湯のよう」と言わしめた身体を拭く儀式があった。

まず板の間に茣蓙を敷く。そこに胡坐(あぐら)をかく、前面に鏡とバケツと金盥が置かれ、脇にお湯がたっぷり入っている湯沸かしがある。初めに大きめの真鍮のコップにお湯を注ぐ。これで歯を磨き、含嗽をする。汚水をバケツに捨てる。次に金盥にお湯を注ぎ、左側に掛けてある手拭いを八つに畳み、浸す。それを絞り、首筋から腕、胸、脇、腹を拭く。もう一度濯いで絞り、今度は手拭を縦に二つ折にし、背中を拭く、もう一度濯ぎ、腰、臀部、股、足を拭く。使った汚水は全てバケツに捨てる。残ったお湯で手拭をしっかり濯ぎ、絞り、手拭い掛けに掛ける。髭剃りと洗髪の入ることもあるが、全て手順が決まっている。動きに無駄がなく、手順の良さと丁寧な仕草は、まさに茶の湯のようである。これを朝夕二回行う。この習慣で、戦地でも身体の清潔は保たれたという。

＊

朝食が済んで、清は寝床に入る。林太郎は葉巻を吸う。於菟は昨夜遅くまで勉強をしていたので、まだ寝ている。母息子水入らずの時である。お茶を淹れながら峰が切り出す。

「林。こんな時勢です。遺言を忘れぬように」

「はい忘れてはおりません。立ち合って頂く方にお願いしてあります」

「そりゃ良かった。何分荒木さんは財産家だし、お前が居なくとも、志げはやっていけます。一番困るのは私。於菟がおりますし。来年は一高の試験で学資の入りも大きい。家庭教師の入り用は馬鹿にならない。篤次郎のところは心配は要らない。お喜美のところは学者で子供が多い。やりくりが大変。潤はまだ独り。皆、お前の弟妹達だ。よく考えて下さいよ」

「ご安心下さい。母上のお考えに沿って作ってもらいます」

「それは良かった。感謝々々です」

「志げに感謝ですね」

「何でかね？　お前にですよ。経済を考えん人に感謝することはありませんがね」

「それは、志げが物欲を張らんということで、財産に争いが起きないからです」

「何たってお前の収入でしょうがの。はて、遺言状は大丈夫だとして。出立はいつじゃ」

「三月下旬でしょうか」

「じきだ。準備は私がするから安心しんさい」

「それはかたじけない。ご配慮感謝します」

志げにはとても出来ないことである。

「お前の留守中、志げとお茉莉はずっとこのまま、荒木さんにお願いしてあるとね？」

「はい、お父上からご承諾を頂きました」

「これで万事準備は出来たと。軍医が戦死はせんから、お前がお役目を果たして帰ってくるまで、留守は私が守るということだ」

息子と二人きりの時間に峰は満足であった。

「安心いたしました。志げと茉莉もよろしくお願い申し上げます」

峰は鼻白んで言う。「言うに及ばずということですがね」と。

＊

荒木家の地続きに家作がある。鷗外が戦地に行って留守の間は、その一軒に志げと茉莉とろくという女中が住むことになった。小さな木戸に鷗外の書いた「森」という表札が掛けられた。枝垂れ桜の大木を挟んだ中庭の向こうに母屋がある。

明治三十七年三月。この枝垂れ桜のつぼみが膨らみ始めた頃、奥保鞏大将率いる第二軍は、駐留地広島に向かった。お互いの毎日の様子がよく分かるようにまめに手紙を取り交わそうと約束した通り、志げは、茉莉の一挙手一投足、日々の成長を逐一書き送った。自分の心境も正直に訴えた。書くことで志げのストレスも神経症も和らぐようであった。

戦場からの詩

五百日を要した日露戦争での、戦地と故国を結んだ軍事郵便は四億通を越え、この家族と兵士の絆は戦場の士気を高め、日本軍勝利の裏打ちとなったという。第二軍軍医部長森林太郎少将が、妻志げへ送った便りは百三十九通である。二人合わせると三百通になる。

この時の夫から妻への手紙は、次女杏奴さんの編集で『妻への手紙』となって出版されている。厳しい戦場にあっての、若い妻へのあたたかい血の通った愛の手紙は感動的である。

なお、次の「志げの手紙」は、鷗外が遺した手紙をもとに筆者なりに想像を膨らませて「創作したもの」であることをお断りしておきたい。

＊

◆志げ　第一便（………は省略部）
………外はまだ雪が止みません。もう春なのに。お国のためにという天子様のご命令を謹んでお受けして、大切なあなたは、私を残して征ってしまわれました。どうしてこのような悲しい事が起こるのでしょう。あなたのいらっしゃらない毎日がどんなに寂しいか、悲しいか誰も解ってはくれません。周りを見渡してもあなたはいらっしゃらない。いくら呼んでもお返事がない。この心細さはたとえようもありません。死んでしまいたいほどです。死んで直ぐお会いできるなら今すぐ死にます。でも茉莉ちゃんが少しも寂しがってはいませんので少し救われます。今ろくやと遊んでいて笑い声が聞こえます。明るい可愛い笑い声です。まあ亦笑っている。あなたにお聞かせしたいわ、ろくやがぶたさんとか、きつねさんとか、可笑しな顔をしているようです。茉莉の明るい笑顔には元気付けられます。
無事のお帰りをお祈りして　かしこ

林太郎さま　志げ

◆志げ　第二便

………あなたがいらっしゃらないことは分かって居ますのに、何故ですか突然葉巻の香がしますの。「もしや?」と思わず駈けていって書斎の戸を開けて見ようとして気が付きますの。どの戸を開けてもあなたはいらっしゃらない。これは何度もしてしまった失敗。私だけの悲しみだわ。………

志げ

◆志げ　第三便

今日久子さまのお父上が見えて、広島には遊廓が沢山あるから、兵隊さん達は戦地に行きたく無いだろうっておっしゃっていらっしゃいました。何よりも病気をお厭(いと)いのあなたが、そういう所をお嫌いなことはよく解っています。でも心配。今は未だ広島ですから、急行なら明日夜着きますでしょ。行きたいわあなたにお会いしたい。

志げ

◆鷗外からの返信

………。広島で遊興をするだろうなどというのは大間違いだ。此前に来て居た近衛が病人の半分は悪い病であったというので今度は上のものが手本になって取締るのだ。今度は何万という兵隊がもう十五日も居るが悪い病をここで発したものは殆ど無い位だ。今度の連中は立派なものだよ。いい加減なことを言いふらす人間は下等だ。信じてはならない。………

わが跡をふみもとめても来んという
遠妻あるを誰とかは寝ん

追っ掛けて行きたいといっているお前さんがいるのに、外(ほか)の者にかかわりあってなるものか。という意味なのだよ。……遠妻どの

七日　林

＊

◆志げより

……茉莉ちゃんがこの頃は独りでしっかり歩きます。そして「パッパ」がよく言えるようになりました。可愛いのよ。それはね、パッパのお顔を忘れないようにと思って私が毎日、文机にしまっておくあなたのお写真を文庫から出して見せて「誰かしら？　パパよ」と教えます。お写真をじっと見て「パッパ、パッパ」と話しかける様に言っています。その可愛いこと。あなたにお見せしたくてなりません。早く帰っていらして下さいな。

林さま　志げ

＊

◆志げより

この頃はまだ梅雨には早いのに、気が重く何もする気になりません。あなたにお送りするものも決まらずに、お部屋に広げて散らかしてあります。お針をしながら、あなたは今頃どうしていらっしゃるかしらと思うと、自然に涙が出てしまいます。縫っている着物の上に落ちた涙を拭きもしないでぼーっと見ていましたら突然「パッパ、パッパ」という声がしました。驚いて行って見ましたら、今まで私の机の抽斗をかき回して遊んでいた茉莉が、中にあった鍵を見付けたらしく、手筒のように文庫の鍵穴に当てて「パッパ、パッ」と呼んでいますのよ。その可愛い様子は何ともいえません。いつもの私の真似でしょうけれど、その賢いこと。あなたの血を頂いて生まれた茉莉ちゃんですわ。茉莉ちゃんには私の心も分かるようでとても心強いです。お陰で元気になりました。かしこ

あなたと茉莉の志げより

林太郎さま

*

なお、この頃、志げ宛ての返書の終わりに、夫は「写真」と題して、次のような長歌を詠んでいる。

春とはいへど　淡雪の
いまだふりしく　頃なりき
かしこき勅　かがふりて
うつくし夫は　いでましぬ
むなしく跡に　おくれゐて
生けるともなき　身にも猶

君をしぬばん　形見なる
まなごあるこそ　うれしけれ

乳はなれてより　二三月
たどたどしくも　立ち歩み
父よ母よと　かたなりに
いひならひたる　めぐしさよ

父のおもわな　忘れそと
文庫にひめし　み写真を
とざし開きて　とうでつつ
まなごに見せつ　よろず度

かくていつしか　五月雨の
いぶせき空と　なりにけり
掃(はら)はぬ部屋に　ひきちらす

追送の衣　二つ三つ

あはれ此頃　陣営の
月日のうさは　いかにぞと
おもへば鍼(はり)の　手も懈(たゆ)く
涙はおちぬ　衣の上に

その時ひとり　文机の
抽斗(ひきだし)あさり　遊びゐし
ちごの声して　ゆくりかに
父よ父よと　よばふなり

なぞと見やれば　抽斗(ひきだし)に
ありけん鍵を　てづつにも
母の文庫に　おしあてて
又も父よと　呼びにけり

そして、「お前の手紙はみな詩になるよ」とあった。また、

ゆくりかに　胸こそ騒げ　何処ゆか
　はばなの香する　君もあらなくに

いくたびか　君いますかと　書室(ふみむろ)の
　遣戸(やりど)の引き手　引かんとはせし

という短歌も添えてあった。

＊

鷗外は広島を出航して、仁川に上陸し、第二軍は朝鮮半島の北西を流れる大河大同江の沿岸の町鎮南浦に駐屯していた。軍の秘密漏洩防止命令が出され、志げには十日ほど夫からの便りが途絶えた。やはり夫は戦争に奪われたのだと、眠れない夜の淋しさと不安で身も心も凍る思いを味わった。それを書き送った。

すると、鷗外は次のような詩をしたためた。

おとづれたえて　はや十日
君をおもひて　いもねざる
夜半のあはれを　おもふやと
いふ声きけど　人はなし
大同江の　浪の音

お前の言葉、お前の涙声が聞こえる。だがお前の姿はない。聞こえたのは宿舎の脇を流れる大河大同江の波の音なのだ。

ゆきまししより　ふた月の
日々に愛しさ　まさりゆく
子のかほ見まく　ほしきやと
いふ声きけど　人はなし
大同江の　浪の音

「あなたがご出征されてからもう二月。茉莉ちゃんが日に日に大きく可愛くなっていきます。あなたに早く見て頂きたいわ」と、またお前の声が聞こえたがお前はいない。聞こえるのは大同江の波音だけだ。

ますらたけをは　かなとでの
そのあしたより　たまきはる
命をすてし　ものなるを
おろかや何を　ささやきし
大同江の　浪の音

明日は、命を掛けての戦いに向かう兵士達の門出だ。浪音よ、何故にこのような時に愚かにも、留守家族を思い出させるのか？

九連城は　おちいりて
震ひおののく　遼陽軍

余端(よぜん)をたもつ　旅順兵
はや撃てとこそ　よばふなれ
大同江の　浪の音

しかし波音はすぐに日本軍の活躍を伝えてきた。九連城は墜ちた。敵は震え慄き息も絶え絶えだ。さあ撃てと指揮官の声が聞こえる。「浪のおと明治三十七年五月二日於鎮南浦」とあり、留守を悲しむ家族への想いと、前戦の厳しい緊張感、戦況の力強い報せが一編の詩に詠まれ、軍人であり詩人である人の深い思いが、滔々と流れる大河の波の音に乗って読む者の心に染む。

＊

千駄木の留守宅では、林太郎がいないので来客はない。万一の場合も遺言はしっかりと出来ている。母峰は、反りの合わない嫁に無駄な関わりを持つ必要はないと、志げとは無縁状態である。気の置けない次男篤次郎と、愛想の良い可愛らしい妻久子を誘って、豪華に芝居見物をしたり、日光を見ずしてはと於菟を連れて日光に行ったり、息子の親友賀古氏の別荘へ行ったりと、満足した日々を過ごすことが出来た。相談事の一切は娘喜美子に頼り、母清の介護は専ら使用人を指揮すれば問題はなかった。戦場の息子との手紙のやり取りの中では、孫娘茉莉への祖母としての愛情は示していた。典型的に賢い強い人である。

二度目の出征で、息子の生死の見当が付く母親と、結婚して二年目、自分の全てを託した愛する夫が出征し、残されて留守を守る若い妻の心細さとは雲泥の相違であった。

その後茉莉が患って、志げはすっかりやつれ、夫が戦の真っ只中にいることも思い測れずに、ありのままを伝えた。彼からは医者の配慮から食物、夜の寝かせ方等注意するべき点が細々と書き送られてきた。志げはこれを忠実に守って、茉莉が癒えてきたことを報せると、安心と喜びに溢れた返事がきた。

「茉莉が良くなって日比谷公園を散歩したってね。本当に嬉しいよ……」とあった。

＊

中庭の枝垂れ桜の葉にちらほら黄葉が出てきて、さしもの暑さも和らいできた。眠った茉莉をろくやが抱いて連れてきて、蚊帳の中に寝かせた。志げは夏痩せした細い指で、帰った時に着せる夫の着物を縫っている。

「ああ寝たのね。戸締まりは大丈夫？」

「はい、全部掛けました」

「そう、お前のことだものね。ご苦労様、おやすみ」

「おやすみなさいませ」

志げは、寝もうかと思ったが、眠れずに大きなため息が出るばかりで苦しくなるのが辛いので、またせっせと針を進める。静かな夜だ。可愛い寝息を立てている茉莉が、突然きゃっきゃっと言い、あははははと笑う。

「茉莉ちゃん。何が可笑しいの？　何の夢でしょう？　いいわね。夢にまで嬉しいことがあるなんて、羨ましいこと、大人には辛いことが多いのよ」

志げは娘の寝汗を拭いた。

ろくも寝たようだ。辺りはしんとしている。母屋の父母も栄子も眠りに就いただろう、また縫い物を始める。

志げはふと電灯に目がいった。明るいのはこれだけ。優しく点っている。普段は気にも掛けなかったこの小さな電球、今はたった一つの友のようだ。

小さな風がさらさらと枝垂れ桜の枝を動かしている。あまりの静けさにまた夫を想い、小倉の家の二階で、同じように夫の着物を仕立てていた時のあのふくふくとした嬉しさを思い出した。涙がぽたぽたと縫い物の上に落ちた。顔を上げると茉莉が寝返りを打っている。ここにパッパが居てくれたらと思う。縫い物をやめ、縁側に出て月を眺めた。そして戦地に向かって

手を合わせ祈りを送り、この孤独を手紙に書いた。夫からの返書には、

夜もすがら　寝息おだしく　ともすれば
　夢にほほゑむ　子をうらやみぬ

ともしびの　常はありとも　おもはぬを
　一人しあれば　したしまれつつ

をさな子を　蚊屋に寝させて　端居する
　ひとり寂しき　夏のよのつき

と詠んであった。

＊

用件を事務的に羅列し、必要事項を述べた母峰の手紙と比べ、志げの赤裸々な心のうちを見

せた率直な感情と情況表現は、詩人森鷗外の表現範疇にはないもので、彼には面白く貴重なものだった。日露戦役後に出版され、評判を呼び、高い評価を受けた鷗外陣中詩集『うた日記』の終わりにある〈無名草（ななしぐさ）〉は、志げが茉莉の成長の様子、また自分の訴えたい心の内をせっせと書き送った手紙を、夫が「うた」にしたものであった。初めは詩歌に心得のない妻に教示したもので、志げには詩歌のセンスがないと自他共に認めると言うが、その繊細な感覚や夫を想う一途な情感は詩心そのものである。あからさまを厭う明治の男は〈無名草〉としたが、言うまでもなくこれは、森鷗外夫妻の愛の合作である。

＊

軍司令部にも和やかさが訪れた終戦近くの頃。部屋に大きな芸者の写真帖があって、一同それぞれが好きな女の顔の上に名を書こうという遊びがあった。鷗外は女の顔のないところへ、

つるばみのなれしひとへのきぬのうへに
かさねんきぬはあらじとおもふ

と書いてやったと後の手紙にあった。

つるばみは妻、くれないが遊女というのが万葉集の用語であるというが、妻のおのろけを公然と書くところがさすがである。

また、志げが熱と下痢で苦しんで、やっと治って手紙を送ったら、夫から、

「俺も、酷い下痢に遇い、馬から降りるのがやっとだった」とあり、志げは驚いて、

「あなたがお悪いとき、わたくしも同じく患っていました。この間の風邪の時も一緒でしたね。こんなに離れていても、やはりあなたと私は一体なのですわ。わたくしはこれからは病むことのないよう、よく気をつけます」と書き送った。その後の夫からの手紙に、

　同じ心ひとつ身なれや離(さか)りゐて
　　きみ病みましわが病みしとき

と短歌がそえてあった。

第八話　激戦終結

斜陽に立つ

明治三十七年のお盆の頃であった。

荒木家では主人博臣が、志げに戦況について話すという。母阿佐、志げ、妹栄子の三人は仏間の座卓を囲んだ。博臣は穏やかに話し始めた。

「林太郎さんの手紙にもあったろうが、第二軍の働きで、まずこの南山の金州城を陥し、強敵を撃退せしめた。この激戦跡を訪れた乃木将軍が、目の辺りにした屍山血河の惨状を詠んだ漢詩が戦争実記に載っておった」

「まあ、どのような詩ですか」三人異口同音。

「ふむ。書こう」

阿佐は硯と筆を用意した。博臣は奉書を取り出し、目を閉じると小声で詠唱し、墨痕鮮やかに筆を走らせる。妻と娘二人は共に息をのんで見つめる。

「さんせんそうもく、うたたこうりょう」

山川草木転荒涼
「じゅうりかぜなまぐさししんせんじょう」
十里風腥新戦場
「せいばすすまず、ひとかたらず」
征馬不前人不語
「きんしゅうじょうがい、しゃようにたつ」
金州城外立斜陽
筆を置いた博臣はしばし瞑目し、やがて、
「城街の跡は何もかもが破壊され跡形もない。瓦礫の広がる惨状は遥か遠くまで広がっている。倒され、踏みつけられた草木。弾痕と血に染まった山野。生々しい死臭が消えない。激しい戦が終わって静まり返った戦場跡金州城外。腥い風が湧立つ。馬は前へ進むことをしない。倒れた兵士の仮埋葬の墓標が林立している。人は皆誰もが無言だ。今ここに赤々と夕日が射してきた。大陸の大夕日だ。この時の将軍のお気持ちはどのようであったか分かるかな」
娘二人は詩文を目で追い、頷きながらじっと考えている。母阿佐がおずおずと、
「深いお悲しみを感じます。乃木大将のご長男の勝典様もこの戦場でご戦死と新聞にございました」

「うむ。そうだ。しかしそれだけではない。結句の『斜陽に立つ』に表されている将軍のご心情だ。母さんのいう悲しみだけなら斜陽に瞑ずか目すとなろう。だが立つには将軍の並々ならぬご意志が示されている。ただ立って見ているだけではない。折しも大自然を営む神である日輪が赤さを増して激戦跡を照らし始めた。その鮮烈な大夕日に染められ、既に敵味方の別なく埋葬された兵士達の夥しい仮墓標が浮かぶ。将軍はこの荘厳な夕景を馬上から眺め、若き命を落とした将兵全ての魂の昇華を祈り『諸君の働きを無駄にはせぬ。後はやる』と斜陽に誓い、祈ったとわしは見る。

大国が小国を分捕ろうという列強の利己主義はインドや東南アジア諸国は皆害された。この邪悪な行為と戦った尊い彼らの命を犠牲にしてはならぬ。この戦でわが国が負ければ、わが日本列島は毛唐だらけのロシア列島になる。ロシアの南下政策だ。奴らが大きな顔をして威張り、わが大和民族を原住民扱いで、顎で使おうというのだ。余所で平気でやってきた。日本なんぞは軽いとばかりに、義和団事件後に結んだ満州撤退条約を三度も破り、真摯で穏健で粘り強い日本外交を無視した。ロシアが充分に勝つ自信があっての無視だ」

「そうでしょうね」

三人異口同音である。丁度そこへ茉莉がやってきた。

「しょうでちょうね」

と真似をして、美しく点された空色の岐阜提灯に目を瞠（みは）り、小さな手でそっと撫で、祖父の膝にちょこんと座った。緊張が和む。

「旅順を落とせば、もうこっちのもんだ。志げ、安心しなさい、じきだ。それにお前、もう少し肥りなさい。帰ってきたら違う人だと間違われてしまうぞ」

「そうかしら？　ほほほ」

久々に微笑む志げであった。

二将軍の友愛

旅順を落とせば勝利は決まる。これは先の日清戦争で得た日本人皆の認識である。今回の日露戦争においても鴨緑江渡河、金州、南山、得利寺、遼陽、沙河、等々日々報じられる戦況は、旅順以外は概ね日本軍の驀進勝利であった。

しかし今回はその勝敗の鍵である旅順要塞の堅固さが、恐るべきものに変わった。

天才名将コンドラチェンコによって築城されたこの要塞は、絶対勝ちの永久要塞といわれた。

二十五キロに及ぶ高い堅固な城壁、入り組んだ深い壕、数々の砲台。ロシアが世界制覇を目論んで、まずはアジア侵略の拠点として築いたのである。東鶏冠山堡塁と呼ばれ難攻不落を誇るものであった。これに挑んだ乃木将軍率いる第三軍は、筆舌に尽くせぬ死闘を繰り返した。第一回総攻撃も第二回目も三回目も堡塁はびくともせず、日本軍兵士の死体の山を築いた。しかし乃木は白旗を挙げず、この苦難を耐えた。そして作戦を変えた。旅順郊外にある二〇三高地を絶好の攻撃拠点と睨み、まずこれを獲る。とすぐ向かったが、ロシアもこの高地に目を付け、再び激戦となった。ロシア軍は一時退却したがまた奪還した。この間日本海軍側からも二〇三高地での港湾攻撃の要請があり、参謀本部の鋭い予見と勅命により、第三軍の司令官は乃木そのままで、指揮権が児玉源太郎参謀総長に委譲となった。大山巌総司令官から出された命令だ。

児玉はまず二〇三高地の主峰でなく周辺の山々に設置された砲台の制圧を行った。これに成功し、次に主峰への歩兵隊突撃となり、壮絶な死闘の末十二月五日、午前十時二十分、二〇三高地西南角に日章旗が翻った。苦闘を尽くした兵士達の目に鮮やかな日の丸である。日本軍の二〇三高地奪取後は、旅順要塞の陥落は時間の問題と考えられ、ロシア側では多くの指揮官が降伏に傾いた。しかしコンドラチェンコ少将は強抗し、前線の将兵達の士気を鼓舞した。

不世出の天才といわれたコンドラチェンコ少将である。その頭脳を駆使し、それまでの旅順要塞を造り替え、難攻不落の東鶏冠山堡塁を築いたのだ。半年の間に三回に渡る日本軍の猛攻撃にびくともせずに、日本兵士の死体の山を築いた。当然にこの要塞の堅固さに自信を持っていたので、その後の二〇三高地を奪還した日本軍の猛攻撃によるロシア軍の敗退は容認出来ず、日本に旅順明け渡しを唱える上司ステッセル将軍から「授勲の権利」を譲り受け、功のあった兵士の胸に自ら勲章を授けて廻り、兵士達の労によく報いた。兵士達もコンドラチェンコの命令ならばと期待に応えよく戦ったが、明治三十七年十二月十五日。旅順攻防正面の東鶏冠山北堡塁に赴いたコンドラチェンコ指揮官が、一人の兵士の胸に勲章を授けているその時に、日本軍の第五発目の二十八サンチ（センチ）砲弾が飛来し、コンドラチェンコ将軍の後頭部を直撃した。日本軍の着弾観測計算の優秀性であるというが、それ以上に神の存在の在ることを忘れてはならないと思う。

これにより多くのロシア兵達は「俺達の将軍が爆死された。もうおしまいだ」と叫んだという。総帥（そうすい）ステッセル将軍は、この戦況を総括し、日本軍の二十八サンチ砲弾と、自国兵士の壊血病のために、要塞防衛の困難を訴えた。そしてかの水師営において、乃木将軍との会見が行われ、旅順を開城し降伏した。

この会見で、両将軍の胸中に共通してあったのは「戦争は無益のもので、大罪である」という考えであったと通事（通訳）の言にある。その後もこの日露二将軍の友愛は続く。

戦争終結後、旅順開城は早過ぎたとの責任を問われ、ステッセル将軍は死刑を宣告される。しかしこの時、ステッセル将軍の減刑助命運動にわが乃木将軍が力を尽くした。それが大きく功を奏し、十年の禁固刑に変わった。やがて恩赦となり出獄したという。

そのほぼ五年後である。日本の明治大帝の崩御がロシアにも報ぜられた。続いて乃木将軍殉死の報道があり、ロシアから「ステッセル牧師」として香典が届いたという。

＊

児玉大将は二〇三高地を掌中に収めると、直ちに港湾艦艇への砲撃も行い、旅順湾のロシア残存艦隊を全滅させた。よって旅順は完全に開城し降伏した。しかしまだロシア側の誇る大バルチック艦隊が、日本海を目指し北上していた。我が連合艦隊は、この大バルチック艦隊を迎え撃たねばならなかった。世界戦史上に残る日露日本海海戦になるのである。

＊

東郷平八郎中将率いる我が連合艦隊には「知謀沸くが如し」と東郷が絶賛する史上最高の参謀秋山真之少佐がいた。「日本騎兵の父」と呼ばれる名将秋山好古陸軍少将の実弟である。真之参謀はバルチック艦隊が極東に向かったという情報を受けるとすぐ、殆ど不眠不休であらゆる事態への対処を検討し、「七段戦法」という綿密極まりない作戦を練り上げた。ポケットにいり豆を入れて、それをかじり、かじりの不眠不休であったという。これは秋山参謀の頭脳に描かれた日本海軍の勝利の図であり、事実はその図の通りに、東郷艦隊の一方的勝利に終わった。

＊

今からおよそ百二十年前の話であり、外国は遠い遠い国という時代であったが、この日本海海戦の日本海軍による大バルチック艦隊撃滅のニュースは、電信技術によりあっという間に伝えられ、世界を驚かせた。東海の小島の集まる小国に、世界中から驚きの目が集中し、欧米に熱烈な東郷信奉者を多数生み出した。特にロシアの脅威下にあった国々では、子供の名や通りの名に艦長の名が付けられた。今でもトルコ人で「トーゴー」と名乗る人がいるという。フィンランドには、艦長の名を冠したビールが今も発売されている。

＊

明治三十八年一月四日の、鷗外から志げ夫人への手紙に、

「お前さんも大ぶ久しく待っておいでだったが旅順もとうとう落ちましたよ。まあこれで戦争

も大きにはかがいくというものだ。これから先のことは新聞を気をつけてよんでおいで……」
とあった。

凱旋の日――石になる

日露戦争は激烈を極め、死闘の限りを尽くした凄絶極まりないものであった。日本軍総勢百万の出兵。戦死者二十三万人、五百日の戦いであった。兵力はロシア二百万、日本の二倍。火砲は三倍強の二千二百六十門、日本は六百三十六門、海軍力はロシア八十万トン、日本二十五万トン。それにロシアは世界を震撼させたコサック騎兵団を持ち、大バルチック艦隊を誇っていた。

このように日本は戦力においては質量共に全く及ぶものではなかったが、初戦から勝利々々で敗け無し。最後まで勝ちを通したのである。日本が上回ったのは巧みな戦略、緻密な作戦、組織力、団結力、勝ち抜く強い意志であり、まさに頭脳の勝利であった。その上直前に結んだ日英軍事同盟が大きな力であった。一方、ロシア側には国内に思想的騒乱があり、三国同盟のフランス、ドイツは開戦以来の日本軍の連勝を見て及び腰となり、静観のありさまであった。

特筆すべきは、日本軍勝利の要素に軍事郵便があったことだ。戦地と故国を結んだ四億通の便りは、兵士と家族の絆として計り知れない力で士気を高め、勝利の裏打ちとなったという。愛の手紙は森鷗外夫妻だけではなかったのである。

神は愛と努力の国に勝利をお与え下さった。

＊

明治三十九年一月十二日、第二軍司令官奥大将以下幕僚凱旋と報じられた。鷗外は奉天占領以来、赤十字条約による残留ロシア人の非戦闘員後送という仕事があり、語学力において森軍医部長に代わる者がなく、帰国は最後となる。

午前十時二十五分新橋駅着。嵐のような歓迎の中、宮中差し回しの馬車に分乗し陛下拝謁のため宮城へ向かった。この時志げがどこで出迎えるかは、予め手紙で約束をしてあったので、鷗外は馬車から目聡く見付け、微笑で「後で行く」と目で言った。志げは「はい」と目で応え、微笑んで胸元で手を振った。

午後三時。宮中での午餐の後、千駄木の観潮楼に帰り着いた。ロシア人から貰ってジャンと名付けた大きな犬は、先に兵卒と帰っていた。帰るとすぐ飛び付いてきて、お手をした。鷗外はふと、さっき新橋駅のプラットホームで背の高い志げの兄に抱かれて、窓から握手をした茉莉の可愛い柔らかな手を思い出した。

(大きくなって、いい子になった)

たとえようのない愛しさがふつふつと沸き上がってきた。これで帰国が真実であることを確認した。

祝宴は無礼講で夜更けまで続いた。やっと観潮楼に静けさが訪れ、母と二人になった。

母は手元にある山のようなお祝いの品や、のし袋を数え値踏みをしていた。

(これなら礼状とお返しをしても大分残る。息子が立派だからだ)と、息子を見上げた。

林太郎は跪(ひざまず)き、母に心からの謝辞を述べた。

母にとっては、仰ぎ見て余りあるわが息子が無事にお役を果たして帰還したのである。申し分なしだ。

「無事が何よりの親孝行。小金井の寿衛造(すえぞう)さん(娘の夫の弟)も亡くなり、乃木様もご子息二人が戦死されました。大変な戦でした。お疲れだろう、もうお休み、床は取ってある」

と言いつつ、お祝いの仕分けに余念がない。

「母上こそどうぞ、もうお休み下さい」

息子は外套を着ている。軍刀を持った。

「おやお前、これからどこへ、明舟へかい」

「はい、行ってやりたいと思いまして」

「何を馬鹿な。十二時を過ぎましたよ。急ぎじゃあるまいに、体を考えなされ。明日行ってやればよろし。行くのなら、車を呼ぶから」と慌てて立ったが、既に鷗外は月の薄明りの道に出てしまった。邸の周りを取り巻いていた車屋はすっかり居なくなり、静けさを取り戻していた。

＊

広島から二日間汽車に揺られ、新橋の大歓迎に応え、宮城に参内し、夕方から夜中まで宴会の主役を務めた。さっきまで続いていたその宴会では、馬鹿をするものが居たり、非常識がまかり通ったりした無礼講ではあったが、勝利と凱旋を喜び祝う皆の心であった。苛酷な戦場に比し、夢を見ているようであった。唯一鷗外に生き生きと記憶されているのは、新橋駅で握手をした茉莉の小さな指の感触と、手を振っていた妻の微笑みだけであった。疲労は極限に達していたに違いないが、疲労していればいるほどあの二人に会いたかった。鷗外は自身の小説の中でも、このような思いを、どんな障害を越えても貫く意志と行動こそが本当の恋愛の情熱であると言っている。

寒中の夜中の冷たい風の中を、千駄木から芝明舟まで徒歩で行くのは本望であった。

観潮楼の門を出ると、半月がふっくらと上野の山の中空に懸かっていた。風はさすがに頬を刺すものであったが、満州の氷点下の寒さと比べれば穏やか過ぎるほどである。

藪下(やぶした)の道を権現様の方へ歩いた。懐かしい道である。足裏に記憶が蘇る。さてあの二人はどうしているか。茉莉は本当に可愛く大きくなった。やんちゃの奥さんは俺が帰ったらどんな顔をするだろう。くっくと体が揺れ笑いがこみ上げた。鷗外は妻の寝顔を想い浮かべた。箱枕を首筋に支(か)った端正な美しい横顔だ。これも今宵からは眺められる。

逢いたさが募り、足はどんどん速まる。本郷の鉄門を出て、壱岐坂を下り水道橋から古本屋街を通る。馴染みの本屋の親父さんはどうしているか。たっぷりのご馳走と酒の入った体から、酒が抜け冴々としてきた。深夜の宮城は静まり返っていた。月が落とし物のように濠に浮いている。冷たい風の中の一人だけの歩みだが、愛しい者達の所へ帰るという幸福感は、まさに青春の気を漲(みなぎ)らせるものがあった。虎ノ門の金比羅神社を過ぎ、歌舞伎役者市村家を曲がると荒木家の黒い大きな門だ。潜りを入り敷石の並ぶ一番奥の離れが志げ達の住まいである。二時を過ぎた。

志げは夫の丹前を暖めながら、（随分遅くはなったが、夫は今夜必ず帰ってくる）と、火鉢の前でじっと耳を澄ませていた。しんとした夜の静寂(しじま)だけである。しかしやがて遠くで犬の遠吠えが聞こえた。そしてその間を縫うように微かにコツコツとリズミカルな靴音がする。志げは頷いた。涙が溢れ、身が震えた。

夫鷗外は一つ小さく点いている灯りを見た。（起きているのだ）愛しさが突き上げてきた。玄関の戸をそっと叩く。志げは玄関に走った。

「俺だ、開けてくれ」正しく、夫の声。

「はい」

泣きながら震える手で鍵を開ける。

「ほうれ。帰ったよ」

「ほんとうに。……お、……お帰りあそばせ」

夫は震える妻をマントの中に抱え入れた。二人はしばし、上がり框に置かれた石になった。

日露戦争陣中、奉天で。明治38年、
第二軍医部長時代の鷗外（『新潮日本文学アルバム１　森鷗外』より）

第九話　幸、不幸の年

茉莉の奇跡

幸福

それは、丹精篭めた美しい花園であった。

明治四十年。この年は森鷗外家にとり大変に誇りある輝かしい年であった。三月に興した観潮楼歌会は与謝野寛（与謝野鉄幹）、佐佐木信綱、伊藤左千夫等々一流歌人が集い盛況を極めた。家庭では長男於菟が難関の第一高等学校に合格し、七月には千葉の東海村日在に別荘が建ち、八月四日に鷗外、志げ夫妻にとっては初の男子が誕生した。眉目秀麗とはこの子のためにあるかと思われるほど美しい男児で、不律（ふりつ）と名付けた。

九月には鷗外が日露戦争従軍中に書き溜めた『うた日記』が出版され、高い評判を呼んだ。更に十一月には家長林太郎鷗外が軍医の最高位軍医総監に任ぜられ、絵に描いたような幸せな年であった。賢母峰も津和野から上京した苦労が報われ満足であった。

＊

観潮楼の庭は、志げの好きな百合の花が終わり、紅白の萩の花が咲き誇っていた。この庭に面した廊下に、於菟が胡座(あぐら)をかき、縹色(はなだ)のねんねこに包まれた不律を抱いている。小さいながら男同士という連帯感であろうか、於菟は不律を可愛がった。前掛け姿の志げが滅菌ガーゼに包んだ哺乳壜を持ってくると、「僕が飲ませましょう」と未来の医者は上手に飲ませる。

「すごい飲みっぷり、これはパッパ似だ。疲れて嫌嫌(いやいや)をしてからまた余計ぐいぐい飲む、意地が強いぞ」

　傍で峰がうれしそうに言う。

「そうだね、確かに。林太郎は意地悪いことをされると、少し嫌な顔をするが、すぐもりもり力を出す。あの力はすごいわ」と応じ、

「不律ちゃんはパッパ似でよかったこと」と志げはうなずく。

「さ、今度は婆に抱っこしんさい、うーむ見れば見るほど整った良い子だ。やはりお母ちゃん似だ。でもこのつむりの大きいんはお父ちゃん似だね。不律ちゃんや、お前のお父ちゃんは軍医総監だと、偉いことだ」

　不律を囲んで三人は声を揃えて笑う。

お客があった。詩人上田敏である。鷗外の総監栄進祝いと陣中詩集『うた日記』への表敬訪問である。

「うた日記はこれから新体詩を学ぶ者の師表になりますね」

「いやいや痛み入る。君の『海潮音』は名訳詩集として不朽のものになる。君でなければ出来なかったね」

「苦心惨憺、苦労しました」

「苦労じゃなくて、工夫だろう？」

「分かりますか？」

「僕にはね。はっはっは」

「そうでしょうなあ。さすがですね」

一回り違う二人だが、心置きなく話し合える詩人同士の楽しい語らいである。志げは入るのをためらいながら、こわごわノックした。不律を抱いていた。

「どうしたい、遠慮なんかして。お入り」

鷗外は嬉しそうに紹介した。

「これです、今度生まれたのは。不律とした」

「ああ、いい名ですな、実にいいお子だ」

上田は感じ入って見ている（この時の鷗外の誇らしげな満足した喜びの顔は、志げの生涯に忘れ得ぬ記憶として残ったという）。入れ代わりに峰が来て文壇話に花が咲いた。峰の鋭い鑑識眼は文士の間で一目置かれていた。

「上田さん、自伝をお書きになったとか」

「は、ご母堂は相変わらずの地獄耳ですな」

「そう？　自然によ。留学されるのはどこ」

「フランスです。父の残したものが、資料館にあるということで」

「それは、良かったこと。私費ですか」

「そうなります」

「そりゃ大変」苦労人峰らしい心配である。

峰が退室した。詩人で西欧文学の巨匠である二人は翻訳文学の奥義を深く語り合った。

不幸

禍福は糾（あざな）える縄のごとし。この花園に一夜の、凄まじい嵐が吹き荒れた。

森家が栄光に輝いた幸せ絶頂の直後、明治四十一年のことである。前年の暮れから急に気温が下がり空気が乾燥した。東京中に呼吸器系の病気が蔓延した。一月に、事もあろうに鷗外の次弟篤次郎が急逝。青天の霹靂である。喉の腫瘍の手術の後であった。彼は臨床の医師なので万全の準備で手術に臨み、手術は成功したが、夜中の突然の出血を自ら吐き出すことが出来ず、窒息死した。四十一歳であった。執刀した担当医から、患者の絶対安静を命じられた律儀な看護婦に、しっかり押さえ付けられ、動けなかったのである。

篤次郎の極めて明るい愛すべき性格に、また夜中の診察も断ることのなかったいい先生としても、多くの人にその死を惜しまれた。歌舞伎の所作の研究家としても貴重な人であった。しかし誰よりも家族の受けた衝撃は大きく、さすがの兄鷗外も弟を解剖する外科室では失神したのである。

*

同じ時に森家の二人の子供が百日咳に罹って苦しんでいた。百日咳独特の咳は、こんこんこんという呼気が、吸気に変わる時に「ひぇー」と濁った笛の長鳴りのような音を発し、今にも息が止まりそうになる。痛々しくて傍らに居る者は生きた心地がしない。これが百日ほど続くのである。

一月十二日。篤次郎の葬儀の日には、子供達を心配して、葬儀を中座して帰宅する旨を係に伝える鷗外の狼狽ぶりは別人のようであったという。いかなる時も穏やかに落ち着いた理知の人であるが、弟の次にまた子供二人を失うかもしれないのだ。長女茉莉の方は五歳であるから、たどたどしいながら、看病するものとコミュニケーションがとれるが、不律はいたいけなさまを見せるだけで病気の恐ろしさが見えてこない。その上、医師が六ヵ月未満で助かった例はないという。

病児達の祖母峰は（死ぬはずのない次男が死んだ。長男も今孫達が瀕死の状態で、その心配と看病で衰弱してしまった。親子共倒れはどうしても防がなければならない）との願いで必死であった。志げは病児二人を抱え、一ヵ月間、帯解かずという試練に晒されていた。

二月五日、鷗外夫妻は遂に不律を失う。この様子を鷗外は「次男不律死亡。これほど恐ろしい病も、愛らしさを奪うことが出きなかった顔の、少し褪めたばかりの唇から、最後の呼気の力なげに漏れ出るのを見た。妻は二言、児の名を呼んで噎せいってしまった。隣室にいる茉莉に聞かせまいと、我慢して声を出さずにいるが、顔はやつれていよいよ青く、目はいよいよ大きくなって、其の目からは涙がぽろぽろ落ちるのである」と記している。

葬儀屋は無言で祭壇をしつらえた。逆さ屏風が立てられ、不律は子供布団の中でお宮参りの晴れ着を着て、愛らしく美しく博多人形の眠れる童子のようであった。隣室の茉莉のために線香は焚かない。小さな三段の祭壇の上段には、嬰児ながら不律の凛々しい写真、脇に哺乳壜、ドイツ製の手握りオルゴール。中壇には燭台、香炉にお花、その前に小さな寝棺。志げは悄然として祭壇の写真を見ている。虚ろである。葬儀屋の老人は頭を畳に擦り付け小声で、「この度は、誠にご愁傷様でございます。旦那様、どうぞお舟入りを」と言う。

志げは弱々しくやっとの声で、

「もう一度、抱っこいたしとう、ございます」

と、夫を見る。静かに頷く鷗外。志げはそっと抱き上げ胸に当て、温めるようにしばらく抱いていた。手伝いの青年は廊下に出て腰の手拭いを取って涙を拭う。老人も豆絞りを目に当てる。葬儀は明日お寺で行うという。志げは、

「日のあるうちに和尚様にお預けして……」

と言って、白い紋繻子の布に包まれた棺を幾度も撫でた。それから観潮楼の二階に上がり、暮れなずむ初春の野道を行く、小さな柩を載せた人力車が見えなくなるまで見送った。

一方、茉莉は、引きつるような咳が続きすっかり痩せてしまった。腕は何本も打たれた注射の跡が黒々となった。痛み、苦しみ、悲しみが分かるだけに異様な声で訴える。泊まり込みの医師はその度に何らかの注射をする。看護婦も泊まり込んで一ヵ月になる。

「茉莉ちゃんお湿布ですよ」

丁度鷗外が帰宅し、病室へ駆け込んだ時である。寝巻を開いた茉莉を見て驚いた。

「この時の茉莉の体はさながら毛を毟(むし)った鶏のようで、角張った骨盤の骨が芋殻(いもがら)のような両足に続いている。永く湿布をしているので、胸と背には赤黒い発疹があり、正視には耐えぬものであった。湿布と聞くと茉莉はいつものように、さも切なそうな顔をした」と鷗外の日記にある。湿布が済むと志げは、傍らに置いてある赤いフランネルの布を布団の衿に掛け、茉莉を頼み二人は茶の間に戻った。

「医者は何といっている？」

「いけない、とばかり」

「理由は？」

「尿毒症とか」

「吐き気はあるか」

「いいえ、特には」

「痙攣は」

「足が少し」

「ふむ。尿毒症とは言えないな。あの赤い布はどうした？」

「金毘羅様のお守り。父がご祈祷して頂いたそうです。科学的ではないでしょうけど」

「いや、科学は分からないことだらけなのだ。強いて科学的に言えば、間接的効果が期待出来るかもしれん」

「間接的効果？」

「うむ。例えば赤という色の持つ活力や、フランネルの持つ暖かさ柔らかさが、病人や看病する者の心に安心感や元気を与え、回復が早まるとかね、病は気からともいうだろう」

「私には、あの赤い色から目に見えないものが出てきて病気を治すのかと思うんですけど」

「うむ。それも否定は出来ない。迷信だといって斥ける根拠はない」

「そう、よかった」

「今度、百日咳の専門家が見えるそうだが」

「お祖母ちゃまが先生にご依頼されたとか」

＊

数日後、某大学から高名という医師が来訪した。鷗外は急ぎ帰宅したが、医師が帰った後であった。驚いたのは志げの憔悴（しょうすい）した顔である。

「急いだが間に合わなかった。茉莉はどう」

「今やっと寝付きました」

「大学からの医者は誰だろう。弘田君かな」

「どなたか存じません」

「母上とは話されたのだね」

「はい。お二人だけで」

「お前には何て仰ったんだ」

「とても助かる見込みはないって……」

「？……」

「もう一日持つか、二日持つか分からない。肺の炎症が減らないし、心臓もいけない。息を引き取る時にはひどく苦しむそうです」

　声は震え後が続かない。

「そうか、母上に伺ってみよう」

「明日見えて、あなたにお話があるそうです」

「分かった」二人は病室へ戻る。

「今日は咳もしないでこうして眠るばかり」

「もう体が疲れ切ったんだろう。可哀想に」

　鷗外は茉莉の顔をじっと見つめ、しみじみと「こんないい子にね。今まで痛い思いをいっぱいさせたね」と言った。

布団の襟に掛けてある赤い布の端にぽたりと涙が落ちた。志げの広げる懐紙の上にぽたぽたと涙は零（こぼ）れた。志げが夫の涙を見たのは後にも先にもこの時一度だけだったという。鷗外はひどく疲れていた。弟の突然の死、可愛い盛りの息子の死、愛しくてならない娘は生死をさまよっている。妻の体力は限界に達し、最早魂の脱け殻のようである。頭脳では解決の出来ない現実の魔の不条理に、理知の巨人森鷗外も疲労の極にあった。

奇跡

翌日また百日咳の権威と称する大学教授が来られ、峰は恭しく出迎えたが、鷗外に面識がないことに、鷗外はふと不審な感じを覚えた。

「病児のご両親にお話し申し上げたい」

「承りましょう」

力なく返事をし、夫妻は教授を別室へ誘（いざな）う。話の内容は、茉莉の病状は重篤で助かる見込みがない。私の見立てが誤ったことはない。看病する周囲の健康を害し、悲惨な共倒れを多く見てきている。これを警戒すべきことと認識されたい、ということであった。端的に言えば安楽死させることを示唆していた。

話が終わり、三人が病室に行く。主治医と看護婦と峰が茉莉を囲みじっと見守っている。茉莉は眠り続けている。教授は新興宗教の教組のように厳かに言う。

「嵐の前の静けさです。泡のようなものは吐きましたか」

「いいえ吐いておりません」と看護婦。

「それでは、最後の苦しみがじきにきます。泡を出せる体力もないということで、苦しみは並大抵ではありません。如何なさいますか」

鷗外は答えない。

「奥さんはどうお考えですか」

「主人の考えますようにと存じます。でも茉莉までも、でしょうか？」

一同の沈黙がしばらく続いた。この沈黙の間こそ神の恵みであった。やがて主治医が言った。

「今まで教授に誤診はありません」

次に峰が口を開いた。

「林（林太郎）、これ以上注射で持たせて、苦しめるのは可哀想。不律のように苦しまずにこのまま逝かせるのは親の慈悲です」

親の慈悲。林太郎を思う最高の人の言葉である。かの偉大な森鷗外も追い詰められた土壇場では、絶大なる信頼者母上の言うことを聞く《よい子》であった。だが信頼という主観には兎角理性を失わせる脆さが内在している。

　鷗外は顔を教授の方へ向けた。そして教授の目を見て微かに頷いた。教授は尤もらしい謹厳な表情で主治医に合図をした。主治医は看護婦に合図をした。看護婦は祈るようにしばし目を瞑り、ゆっくりと主治医のカバンから茶色のアンプル（モルヒネ）を取り出した。

　その時廊下にどすどすと物音がした。看護婦は摑んだアンプルをカバンに戻す。荒木家から志げ付き女中として来た島が襖を開けた。峰は一瞬眉をしかめ、険しい表情をした。

「若奥様、明舟町の大旦那様が、お見舞いにお見えでございます」

「えっ、お父様が？」

　志げが聞き返す間もなく荒木博臣が入ってくる。

「これは、これは、ここにお揃いで居られましたか、突然お伺いしてご無礼いたした」

　鷗外は反射的に立ち上がったが、よろめいた。

「ようこそ。ご無沙汰いたしております。お運びかたじけなく存じます」

「どうしたかと思い思い、なかなか伺えなんだ、お茉莉はどのようじゃ」

「お父様、茉莉はもうとても助かる見込みがないので、今大学の先生が楽にするお注射をして下さるそうで……」

志げが言い終わらないうちに、荒木は大音声を上げた。

「馬鹿めが！　何たるたわけたことを言うか！　人間には天から授かった命というものがある。この天命が尽きるまで、どのようなことがあろうとも生きるのが人の務めだ。それを助けるのが医者の仕事だ。何を言うか不埒者（ふらちもの）」

仁王立ちの構えで医師を睨み付けた。志げはあっけにとられ、鷗外は憑き物が落ちたように晴れ晴れとなった。教授は立ち上がり、「お気の毒ですが、これではご協力は出来ません」と言い、立ち去った。峰が慌てて続いた。鷗外は（教授は残り二日と言うが、荒木のお父上の言葉を肝に銘じ、親であるからには茉莉の命に沿って、付いていってやろう）と目から鱗が落ちた思いで、じたばたしない本来の森林太郎を取り戻した。そして篤次郎と不律の命を考える課題も従容として背負うこととした。しかし、この時の母峰の行為も否定しきれず、自問自答のように小説『高瀬舟』を著した。

鷗外は妻を休ませ、仕事全てを放棄し茉莉に付き添った。湿布を替える時間が来た。またあの苦痛を強いるのか、と不憫（ふびん）に思い言う。

「湿布はしばらくせずにおいてみて下さい」

「はい」

看護婦が片付け始めると、茉莉がまるでフルートのビブラートのような震え声で、「してぇー……しなければ治らないから」と言った。五歳の病児の理性である。茉莉は治りたいのだ。鷗外は深く心を動かされた。幼い子供の自然の生命力を大人の都合に合わせ、観念で支配していた愚かさを悟った。子供はただ可愛がるだけの存在ではない。それぞれが持つ伸びゆく力をサポートするのが大人の役目であると。以来鷗外は茉莉を、またその後生まれた二人の子供達をも、敬意を以て育てた。

湿布をして安心したか、よく眠り目が覚めた時に茉莉は、何かふにゃふにゃと言った。

「どうした？」

鷗外は聞き取れない。看護婦は、

「ぎゅうとねぎ、と仰っています」と応えた。

「にゅうとねいと聞こえたが、牛と葱かい」

茉莉はにっこりした。今これを食べさせては？と考えたが治りたいという本人の希望だ。

「よし、今美味しいのを作ってもらってやるぞ」

と、《上等の牛ロースを二度挽きにして固め、ステーキのように焼いて、柔らかい葱をバターで炒めて副え、すぐに届けてくれるように》とメモを持たせ、使用人を精養軒に走らせた。

茉莉は届いたこの「牛と葱」を早速「にゅう、ねい、おかゆ」と一口毎に注文して食べ、周りの大人達を驚かせた。その後吐くこともなく、急速に回復した。奇跡であった。

後に天才と激賞され、読者を魅了してやまない文筆家となる茉莉の天命は八十四歳であった。繊細にして大胆、華麗にして妖しい、あたかも煌めく宝石を魔女が玩具のように縦横に操り、壊れるようで決して壊れない美芸、果てしない美の深奥から、誰も触れることの出来ない高みから、ほっほっほと微笑するような美妓、かの美文家三島由紀夫が脱帽したほどである。

彼女の研ぎ澄まされた鋭い胸のすくような時評、人物評などは無類の魅力である。フランス文学の翻訳も、その感性において他に類がないという。森茉莉は天命を全うし、日本文学史上に燦然と輝く個性的な仕事を遺した。

＊

茉莉の床上げの祝いが済み、志げはやっと鏡台に向かうことが出来た。鷗外も傍らでゆっくり葉巻を吸った。志げは鏡の我と久々に会いつぶやいた。

「やはり瘦せましたわ。怖い顔」

「いつだって怖いよ」

「いつもの怖いのはどなたのせいですの？　優しい顔にして下さいな」

「俺はいつも優しくしてるじゃないか」

「ご自分のお言葉には客観性がありません」

「仰いますね。客観性とは」

「家庭教師が傍にいらっしゃいますから」

「あはははは。分かったよ。それにしても明舟のお父上には感謝しきれないね」

「それはね。名医が見限っても、茉莉の生きる力を金毘羅様はご存じだったの」

「今の医学はあれが限界だ。人の命の構造なんぞの解るのはまだ先だ。百年も経てばだ」

「百年ね。あなたに生きていて頂きたいわ」

「生きたいさ。自然科学を学ぶ者としてはね、自然科学の未来は大きい。果てしないほどだ」

「それを子や孫が引き継いでいくのですね」

「そうだ。次世代は常に希望だね」

夫は妻の肩に手を置いた。志げは夫の手の温かみを感ずると悲しみが突き上げてきた。涙の理由が分かっている夫は、泣きじゃくる妻に、

「不律は小さ過ぎて可哀想なことをした。しかし医学上には多くの教訓を残し、六ヵ月とはいえこの世に現れ、我々に大きな希望と喜びを与えてくれた。感謝しよう」と言った。

後年、次女杏奴に「不律を失った母は団子坂の自宅から電車に乗り、隅田河畔で一銭蒸気に乗り換えて、寒い日も暑い日も雨の日も風の日も、一日も欠かさず不律兄の墓に通い詰めた」という記述がある。一本気で正直な人だけに、感謝と悲しみは計り知れなかった。

第十話　口語作品創(はじ)む

『半日』の余波

小説『半日』もまた、森鷗外の天才的文章家ぶりが如実に表わされた名品である。「名画を見るようだ」「感情の室内楽だ」等の評がある。文章はリズミカルに流れ、広大な防風林の松籟か、奥深い渓谷の細流のような筆者の心音が聞こえてくる。永遠の課題と言われる嫁姑の問題を、刷新的な嫁の主張を中心に、森家らしき家の三代の女性を通し描いている。

時代はまさに自然主義文学台頭の時であり、私小説と読まれるのは自然の成り行きであった。藤村の『破戒』に次ぐ花袋の『布団』、今度は鷗外の私小説かと世間は瞠目（どうもく）し、旋風が巻き起こった。

鷗外を崇拝する石川啄木は、その日記に「三月八日、森先生の（半日）を読む、恐ろしい作だ。先生がその家庭を、その奥さんをこう書かれたその態度！」と記した。二十代半ばの文学青年の感想ではあるが大方の評でもあった。

鷗外自身は（誰が書いても自然主義ご崇拝の方々は、作者の告白だ、私小説だと評するのだ。『舞姫』にも世間の反応はそのようなものであった。エリスには気の毒をした。あのモデルについてを強いていえば、埼玉秩父出身三等軍医武島務君と、彼を取り巻く情況だ。私の知人幾人かにもご登場願ったが、恋と祖国愛の板挟みになるギリシャ悲劇『アイーダ』ではないが、つまるところ私に内外から迫られていた二者択一を、どう整理しようかと悩み考えているうちに、時間の余裕のあった帰りの船中で自然と筆が動いたのである。しかしどうだろう、言霊か文章の魔力かいや小説というものの持つ本来性か、当時私を取り巻く不本意な問題はこれにより沈静化した。『半日』にも様々な反応があろう。いずれにせよ人間精神の真の発露を描く文章による芸術だ。作品の価値判断は読み手に委ねるさ）との見解であった。その上で、自然主義者よご覧じろとばかりに、自身の指導による理想主義的・耽美派的な芸術思想を標榜する雑誌『スバル』の第三号に掲載した。

鷗外のいう読み手の判断であろうか、出来上がった小説『半日』は、あらゆる方面にセンセーショナルなものを提供した。顕著な変化を見せたのは、陸軍省に人事の件で、それまで妙な停滞があったがそれが不思議にすんなりと通ったのである。

当時、陸軍省には医務局長森の上に次官石本新六がいた。この次官は明確な理由もなしにあらゆることに言い掛かりのような理屈をつけて、森局長に事が運ばないように仕向けていた。森の親友賀古が、「石本って奴は人の言葉が耳に入らない奴だから……。赤十字病院の院長の後任は、森が推す平井の方が適任だ。誰が考えたって平井は病院のことをよく知っているし、石本の推す芳賀じゃあ、水と油だ。分かりもしないくせに駄目だなんて言いやがって、どだい次官なんざあ、局長が持っていく話に判子押しゃいいんだ。石本のあの人事が通るようじゃ、森局長の采配は笑い物だ」と言うほどに、森は窮地に立たされていた。森が陸相寺内正毅の信任厚く重用されていることへの嫉みか？と考えたが、そうではないことは判明した。心当たりがあればいかようにも手立てはあるが、摑み所のない意味のない陰湿な嫌味で、森にはこの職務上の支障停滞は大きな時間の損失であり不愉快であった。

どうにかしなければならないと考えていた時、ふと妹小金井喜美子のお茶ノ水女高師付属女学校の同窓生に石本次官の夫人がいたことを思い出した。森はその夫人から何かが探れると思い、近々あるという同窓会の折に接触してそれとなく話してみてくれないかと喜美子に頼んだ。兄を敬愛する喜美子は快く重任を引き受け、同窓会が終わるとすぐ兄の書斎に来て報告した。

「お兄様からのご依頼の件ですが、石本夫人からは特にこれといったお話がなく、むしろあれだけ仕事の出来る奴は居ないと、石本様はお兄様をいつもお褒めだとか」

「もうちょっと具体的に言ってくれないか」

「はい。私は、兄がご主人様にお世話になっておりますが、正直でいっこくな人なので、ご不快をお掛けしておりませぬかと母が案じておりますと……心にもございませんが、そう申してみました」

「うん、うまい。それで」

「奥様はいえいえとお笑いになって、『お兄様の森様はご立派でいらっしゃるそうですね。宅の方は我儘でお話になりませんの、どなたにでも、何でもずけずけ申しまして、はらはらいたしております。ひどいのは私をうばとか、ばあさんとか呼びますのよ。腹立たしいの何のってございませんが、森様がご立派なのは奥様がお若くてお綺麗だからだそうですの、お羨ましゅうございます』とのお話でした」

　丁度お茶を持って入ってきた母峰は、

「羨ましがられる人かね。内情を聞いたら驚くよ。今だって、明舟に行って帰りゃしない。帰さない親も親だわ」と言った。

　鷗外は内情にも内情があるが……と思いつつ、ふと『スバル』三号掲載の小説のヒントを得た。「お母様、志げさんは今普通のお体ではないですから」と、喜美子。

「何の。お産なんて、女の役目だが」

　母持ち前の、容赦のない強い声である。

　この時既に、鷗外の頭の中には小説の構想と題名が決まった。二人が書斎を出ると、入れ違いに明舟の実家から志げが帰ってきた。

「只今帰りました」

「お帰り」

「お陰様ですっかり楽になりました。有り難うございました。はい、母のお土産」

「いつもながらの母上のお心遣い有り難いね」

「今ここに、泥棒猫が来ませんでした？」

「何だ、それは」

「私がいない間にあなたを狙ってくるのよ」

「よしなさい。馬鹿を言うでない」

「この臭い。あの人のですわ。こんなのを吸ってまた流産したら大変。油断も隙もない」

志げは神経質に戸を開け放す。

「お前は長上を敬うことを知らないのか」

「存じておりますわ、実行もいたしておりましてよ」

「ここの母上にはどうなんだい？」

「それは、育てて頂いたあなたと、喜美様と、潤三郎さんのなさることでしょ」

「嫁の立場では？」

「姑の心持ちが先ですわ、こちらに参りましてから私は、一度もお優しい言葉を掛けて頂いたことはありません。大祖母ちゃまは、大事な孫林の嫁さんだもの、志げちゃん、あんたも孫だよって仰って下さって嬉しかったわ」

ちなみにこの大祖母清は生前常に志げの着物を見ては褒めていた。その中で一番良いと言っていた紺地に蛍の飛ぶ絽の羽織を志げに着せてもらい、学問が出来る良い男前で、清が好いて好いて惚れていたという夫白仙の元へ旅立ったのである。

「父は、お姑さんは相当自分勝手な考えをする人だ、あの人の家に入れば苦労するぞって。でも私は、家に入るのではなく、林太郎様と結婚するのですと言ったの。ご自分の都合だけを考える人を敬えます？」

「母上のご都合は家族の都合だよ」

「いいえ、私達の縁談が有った時も、於菟ちゃんを養子に出してもいいって仰ったでしょう？それはあなたさえ良くなれば、於菟ちゃんはどうなっても構わないということですわ。『わたしの目の黒いうちは森家の長男はどこへもやらん』って仰ったのは大祖母様でしょ。あの人はあなたさえ元気なら、不律だって茉莉だって死んでもかまいやしないって思って、百日咳の時に主治医の先生にお注射のことを頼んでらしたって、梅やが言ってましたわ。厭です。嫌い嫌い。敬うどころか大嫌い」

志げの細い指が夫の手首を揺する。

「あなたどうしてあんな人から生まれたの」

「そんな答えの出ない質問をして、俺を凹(へこ)ませようとしてもだめさ」

「そうではないの、大嫌いな人からあなたが生まれてしまって……」

「生んで下さったと思いなさい」

「思わなければならないから辛いんですのに……尊敬出来ない人に感謝するのは死の苦しみよ。ああ、あの人のいなかった小倉が懐かしい。あなたはもう小倉へのお仕事ないの」

鷗外は志げの手を引き寄せた。志げは夫の腕の中で小倉での楽しかった日々を思い浮かべた。鷗外は美しい妻の襟足をしみじみと眺め、(今度の小説はこの人らしきを、厳しく描かなければならない。俺の妻(さい)になったからだね、可哀想に)と、優しく背中を撫でていた。

＊

明治四十二年三月一日。雑誌『スバル』第三号が発刊された。翌日の鷗外の日記である。「三月二日朝、次官予を呼びて初めて真面目に官事を談ず。頗(すこぶ)る態度を革(あらた)めたる如く見ゆ」と記されてある。難しい石本次官も読者の一人として、森局長の家庭的苦労を読み取ったのであろう。陸軍省での仕事の停滞は解消した。

森家では第一読者は母である。小説に高い鑑識眼を持つ彼女は不服である。

「お前、『半日』だなんて面白くないものをお書きだね。志げには薬だが森家の恥ですよ」

「森家ではありませんよ。高山家です」

「どう読んだって面白くない。去年出た夏目漱石さんの『我輩は猫である』や『坊っちゃん』、あれはいい小説だ。あれが小説だよ、於菟に何度も読んでもらったが面白かった」

「それはようございました。『半日』も面白いと言う人もいるでしょう」

「お世辞だよ。それにしてもお前、今度は唯事(ただごと)では済まされないよ。荒木じゃ即刻引き取りますって言うだろうよ。望むところだけど」

「いや、荒木のお父上は優れた見識をお持ちですから、助言は適切でしょう」

「ま、今度の小説は、石本さんが折れたってことと、お前が元気になったことだけが収穫だ」

そう言って、峰は部屋を出た。ほどなく志げが帰宅した。

「あなた、早速ご報告。父がね、『半日』という小説はなかなかいいじゃないか、お前の考えがよく出ている。姑さんもよく分かったろう。でも林太郎さんが厭なら一緒に居ることはない。いつでも帰っておいで。そうでないなら、お前の反省すべきことは反省するがよい。しかし、何れにせよお前は森鷗外の悪妻という烙印を背負っていかずばなるまいって」

この慧眼は的中し、志げの「お嬢さん育ちの我儘でヒステリーの悪妻」という評判は定着し、更にその美貌ゆえに名流夫人の間でいじめにあった。

「父上はそう仰ったか。悪妻の烙印は可哀想だ。ご両親には安心して頂かねばならない。それには俺がお前を大事にしていくことと、いい仕事をすること、いい小説を書くことだ。俺は『スバル』に毎回作品を載せていくが、女性像は、まず、お前を通してということになろう。良くも悪くもだ」

「悪い人は書かないで頂戴」

「良い悪いには、はっきり線が引かれないこともある。読者が決めることでもあるが、書く者の特権でもあるから、俺の望むものになろう。書きたいものを書くさ」

「とにかく、あの『半日』は単行本にはしないで下さいね。知らない人は森鷗外の奥はこんな人だと思うでしょう。誤解ですわ」

「小説だよ。お前というわけではあるまいに」

「でも似ています」

鷗外は笑いを堪(こら)えた。

「似ているなら誤解ではないではないか」

「あの人が居なければずっと違ってますわ」

「あの人は、切ることの出来ないわたしの親だ。長い人生を向上ということを念頭に子供達を育ててきた。その大きな力のお蔭で色々と仕事が出来、お前を迎えることも出来た。このご恩を疎かにしてはならないと思うが、どうだろう」

「はい。それは分かっています。でも嫌い」

「また嫌いを言う」

「嫌いなものを、好きになれと仰るの？　それならあなた、鯖の味噌煮をお好きになって下さいな。毎日お出ししますわ」

鷗外は顔を顰める。ひどい顰めようである。

「お前はまた、どうしてそんな例を上げるんだい。話のレヴェルが違う」

「ほほほ、嫌いなものを好きになれ、なんて仰るから。参ったって仰いな」

「参ったね、確かに……」

「参ったついでにもう一度。あの高山の奥さんのような人は書かないで下さいな」

「どこがいけない？　お前そっくりだろう？」

「良くない時のね」

「良くないと分かって行うのは、お志げ、人間として下等だ。あのような小説は作品として創っているだけで、大したことではない。それよりお前が日常、好きだ嫌いだ、感じがいい悪いで人を判断したり、思ったことを口に出して、他人に厭な思いをさせるようなことが良いことかどうかを考える方が余程大事だ。じきに三人目が生まれる。これからは人間として親として、上等にならなければいけない」

「あの人が居なければ、上等ですわよ」

「あの人。もうそれを言わない。母様と呼ぼう。その代わりお前が厭だという『半日』のような小説は書かないと約束するよ。今一つ『一夜』というのを書き上げてある。お前が読んでいやなら捨ててよい。しかし読んで好くないと思ったことはしないようにしなさい。お前の人格向上と家庭内の態度改善の努力だ。やってみよう。どうだな」

「致してみます。でもあなたには同情が集まったでしょうね、お書きになれるから」

「何を言うか、お前も書きなさい」

「小説を？」

「何でもだ。俺は戦地でお前の手紙を読む度に思った。母上のは報告書のようで味わいがない。ところがお前のは、嬉しいのも悲しいのも怒っているのも絵に描いたように見えるんだ。俺は幾度居たたまれない思いにさせられたか知れない。『うた日記』にもお前の言ってきたのを入れたんだよ」

「あれには驚きました。私の思った通りがすぐ歌になったり、きれいな詩になったりですもの不思議でした」

「不思議でも何でもない。すぐ出来る。お前の特殊な感覚は才能だ。今度は意趣返しに一度書いてごらん、直してやるから」

「意趣返し？　何かあるかしら？　あります。ありますわよ。ふふふ」

「いやだね。不気味だね……。しかし校閲はわたしの役目だ。ははは」

その後の鷗外の日記には「妻に勧めて初めて母上と双六をなさしむ」とあり、峰の日記には「この頃志げ子温和しくなり嬉し、小説のお陰かと思う。双六盤を毎日振りて遊ぶ」とある。

＊

数日して『スバル』同人で、医師で詩人、小説家、古美術研究家と多彩な、そして鷗外崇拝の一人木下杢太郎がやってきた。

「先生驚きました。自然主義顔負けです」

「『半日』かい？　実のところ、僕も驚いている」

木下は黙っている。反抗的沈黙である。

「三号が気になっていたんだろう。言葉の方が押してきて鉛筆が間に合わんほどだった。しかし、『半日』が三日も掛かっちゃ話にならん」

「先生『スバル』の反自然主義の立場はどうなるんでしょう」

「そりゃあ君、真理の表出、客観性妥当性を主張する文章芸術の力を見せるのが『スバル』さ」

「『半日』は自然主義小説ではないでしょうか」

「うむ。……淫悪臭穢（しゅうわい）かい？」

「いいえ、全く」

「自堕落かい？」

「いえ」

「では、自然主義とはいえないな」

「しかし、相当赤裸々で……」

「赤裸々？　では高山峻藏君は君のよく知っている森林太郎君かい？」

「いえ本質においては全く違います。高山は優柔不断で安っぽいです。母親の囲いから抜け出せずにいて、奥さんの攻撃には弱々しく応戦して、批判分析して、最後は慨嘆です」

「ほほう、で母上の方は？」

「理想的良妻賢母被害者の図です。先生のお母上はもっと元気ですよ。被害者のままで温和（おとな）しくしていらっしゃるなんて絶対ない」

「ふふふ、奥さんの方はどうだ？」

「夜の奥さんは存じませんが」

「夜が出てきたかい、半日のはずだが、ああ鐘の音ね。家の奥さんは聴覚も嗅覚も鋭い」

（この時森はふと夜のお志げのやんちゃぶりを思った。そして『一夜』という小品に書いたが志げの希望で誰の目にも触れずに葬られた）

「日頃お目にかかる奥様は、愛想やお世辞は仰らない。真っすぐで純粋な方、そして芯はお優しいですね」

「ふむ確かに。だが母を評する時の言葉は高山君の奥さんそのものだ。譲らんね」

「活き活き描かれていますね」

「ふっふふ。一面はね。しかし所詮は小説の人物に過ぎないさ」

「古い秩序に対する一人の家庭夫人の声を通して、真の夫婦の在り方や、愛の価値についてを世に問う、つまり啓蒙小説ですね」

「嫁姑問題は、普遍的テーマだからね」

「僕達は日頃先生から、リルケ、ストリンドベリ、イプセン、マーテルリンクと色々ご教示頂いてますから、奥様への実感でないことは理解出来ますが、最後の『おれの妻（さい）のような女はいない……』の部分は一般読者にはあまりにも断罪的で、奥様は犠牲者になりませんか」

「いや、読むものが、小説の奥さんの主張に正当性を認めるかどうかが問題だね、認めれば高山なんざ霞（かす）むさ。小説は百人百様の読み方に耐え、百様の推測を許容出来るのが特質さ。それで小説家が社会で必要な存在になっているのさ。小説を書くのに主義という旗を立てるのは、今流行の囚われの思想以外の何物でもない。筆力に限界が生じ、偽物に更に化粧を施して読者を魅了せねばならなくなる。借り物や偽物を以てして何が自然か、馬鹿々々しい。告白物といえば、読む者がその気になる。妙な説得力がある。それが自然主義のこだわりだ。『スバル』はこれにこだわらずに、文章芸術を以て人間性の真理を発露表現していくのが筋だ」

「創刊号の『プルムウラ』は『スバル』を代表するものとして感動しました。あの妖しく魅惑的な美しさ……先生はこれから『スバル』とどのように関わっていらっしゃるのでしょう」

「まあ色々ありましょう。戯曲、小説。翻訳。今僕の頭にあるのは、欧州特にドイツの戯曲紹介かな。これからは関わりが多くなるでしょう。今度の『半日』を書き上げて、小説を書くに、セレンディピタスリイとでもいうか、感得されるものがあってね」

「そうですか、今日は安心しました」

こんな会話の後、鷗外の小説『青年』のモデルといわれる木下杢太郎は観潮楼を辞し、歩きながら師との会話を反芻した。

(僕達若い文士達が刺激を受け触発されたあの妖しく美しい『プルムウラ』。超自然という『半日』。どちらも志げ奥様の要素が反映しているようだ。博識この上なく、入ったら出口が見つからない深遠な智の森を持つ百門の大都、その先生が家族の愛の在りようを示されたものなのだ)

そして、今後も『スバル』に更に関わって下さるという。その言葉に安堵し、全身に更なる敬慕が深まっていった。

丁度桜の散り時である。往きには感じなかった春の花の残んの香に気付き、木下は無心に散る花びらの舞を改めて眺め、朧月夜の道を本郷の下宿へ帰った。

雑誌『スバル』は、明治四十二年一月から大正二年十二月までの五年間に六十冊発行され、作品凡そ五十編が著され、鷗外の指導を受けた杢太郎をはじめ、吉井勇、与謝野晶子、平野万里、長田幹彦、和辻哲郎、北原白秋、秋田雨雀、岡田八千代、長谷川時雨、三木露風等々と多才な作家達による近代文学隆盛の曙となる晴舞台であった。そして鷗外の創作活動の端緒になったのは『半日』であり、その後の彼の旺盛な文筆活動の始まりでもあった。

第十一話　妻病む日々

離婚の話

森家の姑である峰と嫁である志げとの激しいバトルは、言うまでもなく林太郎の争奪戦である。幼い時から真綿包みに育てられ、いつも可愛い良い子であると誰からも大切にされ、長じて学んだ学習院華族女学校では随一の美人と評判になったりしたことで、志げの中に自己中心感覚が育ってしまったのではないか？　これが彼女にとっては悲劇であった。後に夫が「お前は天御中主尊（あめのみなかぬしのみこと）にならなくては満足しない」と評したように、この自己中心感覚に彼女自身が苦しむことになる。自らが強く望んだ結婚ではあったが、帰京して森家の多くの家族に囲まれ、夫の独占が許されなかった。

誰の邪魔もなしに夫の深い愛に包まれた幸せな北九州小倉の三月は、夢のように遠のいた。

一方「偉大」を絵に描いたような夫林太郎にも、実は母峰という真綿があり、これに包まれ、全く動きが取れないような育ちがあり、長男於菟が「祖母と父との尋常ならぬ親しみ」と書いたものがあるが、息子林太郎に掛けた母峰の執心が、彼の原性格を造ったことに間違いはない。また、於菟は志げを評し「これを意識せずして変態の嫉妬を抱いていた母」と表現しているが、夫婦とは二人で一対であって、片方だけに問題有りということは有り得ない。悪妻は悪夫によって造られるのである。その逆も言えるが、志げは結婚する前は良い娘であった。偉人鷗外が悪夫成らざるを得ないこだわりは、母峰との強い絆であった。

彼によれば、自身の存在は産み育てた母によるもので、母無くして自身は無い。自尊心は即母であった。母親は息子林太郎を産んで以来、ただひたすら息子に執着し、片時も離れず傾注した。息子の幼児期に夫静男が修業のために江戸に行き不在であった折には、女性としての情熱一切を息子に注いだ。その熱情は、幼少ながら男である息子は充分に最高の異性を感じ、それが母であるから親孝行という美徳に自信を持つことが出来た。この逆が鷗外の娘茉莉さんで、後年、父の愛が最高の異性愛であるとして作品「甘い蜜の部屋」を描いた。

異性愛が常に母からであることが固定的感覚であれば、妻を娶るのにはどうしても無理が潜む。それに鷗外自身には若い時に容貌コンプレックスがあった（後年には、才気が人の眉目を美しくする。と言って自分の彫像に満足していた）。とにかく森家に美しい子孫を残すには絶世の美女が必要であった。この命題に母は努力し、息子はこれに応じ、荒木志げという絶品に辿り着いたのである。

この荒木志げとの結婚も、母の「わたしの眼鏡の違わざる」という言葉を信じ、その女性なら母をも自分と同じように敬い愛し従うであろうと信ずるものがあり、たとえ少々の懸念があってもまだ若い、自分の愛と教育できっと良い方に向かわせられるとの自信もあって、この結婚を承諾したのである。苦労は承知であった。そして志げに会って、その真正直な鮮烈な美しさを真摯に愛することになり、志げもまた夫の愛の強さを信じ付いてきたのである。

森家の実生活上では、二人の女性の持っている元々の聡明さは陰を潜め、夫が優しければ優しいほど、夫が好きであればあるほど、また一方、息子を愛しいと思えば思うほど、嫁姑は反目した。妻志げは真直に、夫の愛は一〇〇パーセント自分を評価したものと信じていた。妻の美しさ正直さ一途さは一〇〇パーセント彼好みであり、それを大事にしたのは事実であった。志げにとってこの夫の愛は失ってはならぬ宝であった。

於菟が「祖母の心を忖度すれば、命より大切な己れの手のとどかぬほど高い識見に畏れの心さえ抱く息子」と述べているが、息子を誇る峰には、息子は苦労の結晶。宝であり、生き甲斐であった。故に嫁は無条件で自分に従属するものと思っていた。ところが、志げの自己中心感覚はそれを斥けた。大岡裁きに有るように、息子、夫を本当に愛していたなら引く手を緩めるという、優しい心の持ち合わせが欲しかった両者であった。

結局は、世間の波に脆い志げが病を発するのである。被害妄想、対人恐怖症。環境不適合によるストレス等々で病み苦しんだ。夫の方もまた自分を慕う若い妻の悩みを、深い憐愍の愛を以て労わったが、母の存在は絶対であった。

＊

明治四十二年二月十三日。峰六十五歳、林太郎（鷗外）四十八歳（陸軍省医務局長）、志げ三十歳（次女懐妊中）、長女茉莉六歳である。

峰は、近頃の林太郎の様子に気掛かりを感じていた。前年に次男篤次郎を亡くし、思ってもみない突然の不幸に、峰の神経は過敏になっていた。林太郎だけは何としても守らなければという峰の思いは切実だった。

息子はいつになく不機嫌で顔色も並大抵ではない。嫁志げは心配の掛け通しだ。お役所の仕事にも差し支える。何か苦労があるに違いない。

志げは実家に帰って三日になる。この嫁の態度は、姑峰の許容範囲を越えた。連れ合いが良くないことは人生一生の不作だ。これを林太郎にしっかり分からせなければと、息子の親友賀古鶴所、青山胤通、娘小金井喜美子と、喜美子の夫義精の四人に説得をお願いした。

＊

別れさせなければ林太郎は救われないという峰の懇請を受け、四氏は客間で待っている。

「志げは芝（実家明舟町）へ行くと言ったきり音沙汰がない。茉莉を独りで置きっぱなし、帰さない親も親だわ」

峰は忿懣やる方なしである。

「それにしても茉莉ちゃんは、聞き分けよくおりますこと、じきにお姉ちゃまですもの」

喜美子は、前回流産した志げの体を気遣い、茉莉を褒める。

「熱出して、困ったよ」と峰。

「森君からも聞いているが、大抵じゃないようだね」と賀古。

「神経症かね」青山は眉をひそめる。

「半気違いですよ。喉を突くだの手首を切るなどと申しますからね。この間なんぞは、行方不明で大騒ぎをしました。林が咎めましたら、百言が反りました。この頃、林は病気のようですわ」

「家庭を統括出来ない家長という陰口も聞こえてきますね」と小金井。

「そこから立て直さんと、総てが危険だ」

賀古は最初から気に食わない親友の嫁の話だ。

「赤十字病院の院長の後任の話はどうなりましたかね?」と小金井。

息子が悩んでいるという母峰の心配の種は、実はこの医務局の人事で、石本次官が森局長の意見を取り入れないことにあったのである。

「それですよ、森の提案を石本次官が譲りません」と青山。続けて賀古。

「石本って奴は、人の言うことが耳に入らない奴だから、誰が考えたって、赤十字病院の院長の後任は森の推す平井が適任だ」

「平井は病院内のことはよく知っているしね。芳賀はどうなんだろう」

「軍医学校のだろう？　水と油だ。全く合わない、よく知らないくせにごねやがって」

「石本のあの人事が通るようじゃ、森局長の采配は笑いものだ」

「石本が利口か馬鹿かだ」

聞いて峰が言う。

「それをですね、先だってお喜美に石本さんの奥さんを通して聞いてもらったんですよ」

「でも奥様は、宅は森様をいつも褒めておりますよって仰るの」と喜美子。

「何だそれは、わけの分からん奴だな、石本は」

「連れ合いに問題があるようですよ。志げ子にね、何かあるようです。どうぞ今日は息子によく言い含めてやって下さいませ」

峰は深く頭を下げる。

そこに、森が帰宅したようで、峰は退出する。

「やあ、お待たせした……」

客間に入って鷗外は会釈をし、軍刀を置き、手袋を取り、葉巻の蓋を開け、皆に勧める。小金井が聞く。

「人事はどうなりましたか」

「些末な話が多すぎて、核心をぼかすのが巧みで、始末が悪い」

「山形公と桂さんに話しておいた」と賀古。

「それは恐れ入る。寺内さん、石黒さんにも理解して頂こうとお願いしておいた」

「おう、それがいい。あの石本の人事が通るようじゃあ、医務局の目は節穴だ。森局長は笑い者だ」と青山。

「ごもっとも」森は頷いた。

小休止の後、賀古が言った。

「今日の訪問の目的だが、奥さんに断固たる処置をとることを勧める」

単刀直入である。

（ほう、こちらの人事もですか）

と鷗外は思った。続いて青山が言った。

「さっきも皆で話したんだがね。内外共に納まる最善策と考えるが」

「かたじけない」森は頷く。続いて喜美子が、

「お兄様と茉莉ちゃんのことを考えると、お母様がとてもお辛いようですよ」と言う。

「うむ」森は眉をひそめる。

「於菟さんを連れて出ようか、とも仰って」

「気の毒だ」と言い、葉巻の灰を落とす森。

「公私は別だが、家長としてみっともない」

小金井は穏やかに言う。賀古は豪放に、「簡単だ、即離婚だ」と言い放つ。

「林さんはきっぱり切れる人だから、やるがいい。丸く納まる。それに今度は金は掛からんだろう」

苦労人の小金井義精の言葉だ。小金井は鷗外の前妻との離婚と、ドイツから女性が追ってきた時のことを言う。

「ご忠告、有り難く承った。ご心配に深謝する。しかし……」

（夫婦のことは当人同士きり分からんでしょう）と言いそうになる。

「しかし、何だい」と賀古。

「うむ。彼女はね、人力の及ぶところにあらずと考えていい人でね」

「簡単さ、三行半(みくだりはん)って人力だ。考えるこたあない」

「まあ、僕のやり方でやるより他にないだろう。ご足労をお掛けした。相済まぬ」

森は頭を下げた。

*

翌二月十四日の峰の日記には、

「きのふは、喜美子、小金井、賀古、青山等の話ありとて来るも、林太郎そのことに応じぬ様、其儘にしてかへる……」とある。

二月十五日には、

「夜小金井へ行く、前日の話、さまざまあり。茂子（志げ）を病人と考えて、於菟を連れて外へ出ては等言ふ事もあれども、別におもしろきこと無し」

峰の苦渋である。

同じ日の鷗外の日記。

「……夜鶴田禮次郎来て己が未来の希望を語る。吉井勇、太田正雄共に来ぬ。吉井は初めて作りて脚本を示しつ。『半日』の稿を太田に渡す。……」とある。文芸誌『スバル』三月号に掲載するためである。この『半日』という小説はセンセーショナルなものだった。文学者森鷗外は奥の手を発揮したようだ。

＊

文学雑誌『スバル』は当時の若い精鋭な詩人、文芸家の吉井勇、木下杢太郎、石川啄木、平野万里、北原白秋、高村光太郎らの興した同人誌である。森鷗外を指導者に迎え、与謝野寛・晶子夫妻を顧問格とし、上田敏、永井荷風、谷崎潤一郎、小山内薫、石井柏亭、山本鼎等の学問、小説、演劇、美術ほか各分野の第一線推進者の協力を得た。興隆する自然主義文学に対抗し、理想主義的、耽美派的な芸術思想作品の結集する場として大きな役割を果たした。明治末から大正初年に掛けての優れた詩人歌人達の代表作が華やかに誌面を彩る一方、室生犀星、佐藤春夫、堀口大学等の新人が台頭した。

芸術性に厳しい『スバル』であるから、小説『半日』が自然主義顔負けの私小説と読めることに、若手は反目したが、自然主義作品に共通した淫悪臭穢(しゅうわい)性や、自堕落ぶりはない。小説『半日』の主人公は「私」ではない。作者鷗外は「小説に主義等を掲げるのは馬鹿げている。今流行の囚われの思想だ。『スバル』は文章芸術を以て人間性の真理を発露表現していくのさ。書き方に形式はない。読む者百人百様の読み方に任せるさ」と言う。

＊

その言葉を証明するように、小説『半日』が『スバル』に発表された次の日に、石本次官の人事のこだわりにどんでん返しが起こった。捩(よじ)れていた人事がすんなりと解決し、森局長の面目が蘇ったのである。『スバル』を読んだ石本次官は、森局長の家庭内での悩みに同情したのであろう。日頃石本が想像し羨んでいた若く美しく、可憐に夫に従うだろう悩ましい妻女は全く登場しない。森があれだけの仕事が出来るのは、細君が若く美しいからだという思いも見当違いであったと、読者石本次官が驚き同情した結果である。作者鷗外が言うように読者として石本流に読んだのである。書評にあるように「名画を見るようだ」「感情の室内楽だ」との読みもあるのである。今で言うなら映画を見るようにリアルに描かれた、当時としては画期的な作品である。この『半日』以後鷗外は極めて旺盛に口語作品を産み出すこととなる。

確かに鷗外の頭脳に全くなかったドラマを、あたかも材料提供者のように妻志げが彼の目前で見せることに、あの頭脳は刺激され、緊張興奮し、次々と作品を産み出した。このことは、同人誌『スバル』の指導者の責任もあるが、これは、神の指針以外には考えられないほどに奇跡的で見事な現象であった。

名作『雁』のヒロインお玉の、想い人岡田との無念な別れは、読者にはその悲しみの余韻がいつまでも響いてやまぬのであるが、この逢瀬が成功していたら森鷗外の小説『雁』は不倫小説の凡作であろう。鷗外は日頃、自分を待つ妻志げの熱い想いは重々理解しているが、女の想いよりはるかに越えた重い仕事が待っているのが男なのだと言いたいのであろう。近代日本黎明期に生まれ、輝かしい先進西欧文化吸収に邁進した男が背負った十字架である。女は雁のように、逃がしてやろうと思って投げた石に当たって死ぬこともあると。

＊

鷗外は医学者としてエビデンス（実証性）を信条として研究をした人であり、文芸活動もいわゆるフィクションはない。嘘を嫌い、作り物は書かない（一作だけ試したが中断した）。身辺に起こったことや社会現象、歴史上の事件を、東西の古典に通じ、溢れるような知識を駆使し、かの繊細な頭脳を以て、観察し、探索し、分析し、考察した。その上で自然の流れを歪めず、彼ならではの想像力を以て人間の本質が発する当然の帰結を追求し、その真意、真実、真理を分かり易く、且つ極めて美しい文章で表現したのが森鷗外文学作品である。読む者は読み進むうちに彼の頭脳の動きに同調し、理解納得し、感動させられる。名著の所以である。

彼が五十歳を過ぎた大正前期、歴史上の記録に基づいた伝記を著す「史伝」に行き着き、情熱を注いだのは「渋江抽斎」を知ってからである。

鷗外が武鑑（諸大名等武士階級の人の詳しい人名録）蒐集に着手したのは、徳川時代の事蹟を捜るのに欠くことの出来ない資料だからである。この武鑑の中に「弘前醫官澀江氏蔵書」という朱印のある本に度々出会い、もしや同好の士では？　と直感し渋江医官の人となりを確認しようと、何人かの郷土史家や弘前の知人に当たった。彼らの証言によれば、渋江家は数代に渡る弘前藩の藩医で、その末代の抽斎は、歴史・詩文集・哲学書を多数読み、文献考証家として樹立していたというが、表に出ることのない勝れた学者であり、大家であったという。

「同好の士」では？　という予感が当たったばかりか、その生い立ちも殆ど同じで鷗外の胸はときめいた。多くの高い学識を有しながら表にでないという点では、鷗外の祖父白仙、父静泰（後に静男と改名）に通ずるものもあり、その後抽斎を識れば識るほどに親愛敬慕の情が深まり、生涯において最も畏敬し敬愛する人となった。抽斎は鷗外の生まれる四年前に五十四歳で伝染病コレラで亡くなっていた。しかしその肉親三人が現存していた。この三人との交流により鷗外の渋江抽斎像は深まった。

三十七年如一瞬。学医伝業薄才伸。
栄枯窮達任天命。安楽換銭不患貧。

これは抽斎の詩であるが、鷗外はこの反語的表現の中に抽斎の思想に並々ならぬ感慨を覚えた。もう一人の己れに出会ったような感懐であった。抽斎の人生観を見て取って以来、この詩を書斎に掲げ、毎日親愛の念を以て眺めた。画家であり書家である親しい中村不折に書いてもらった。鷗外の墓石の文字も本人の希望で中村不折である。

『渋江抽斎』と『伊沢蘭軒』『北条霞亭』の史伝三部作は森鷗外の文学者としての力量を示すものとして、極めて高く評価されている。その精密な調査と綿密な記述には、かつての歴史物になかった驚嘆すべき真実に触れることが出来、歴史の陰には世の中を支えていた勝れた無名の人の大きな労作のあることを教えてくれる。

＊

二十代の頃の妻志げは、夫が書き物を始めると、その集中力に取り残されたように淋しくなり、姑の厳しい視線にも遮るものがなく、孤独に陥り、苦しんだ。それは周囲をも自身をも困惑させたが、三十代半ばになり、姑峰が亡くなり、持ち前の神経症が鎮まり、やっと自分の目で辺りが見えるようになった。この頃は夫の心の変化にも気が付いた。いつもはしんと静かな書斎の空気が何となく穏やかにほんのりと暖かになり、夫が活き活きと書き物に取り組むのを見て、志げも一心に協力した。度々の武鑑購いにも慣れ、古書屋にもいそいそと行った。

鷗外は小説『半日』で志げ夫人が悪妻と世間に膾炙されたことに心を痛めた。しかしこの十年間に、志げは彼女ならではの小説『波瀾』『あだ花』『写真』等を発表し、『死の家』等、心に残る作品をものした。夫はささやかなりとも自分の作業に参加させ、人間存在の意義を理解させたいと教え励ましたのである。鷗外は非常なる愛妻家であり教妻家であったが、決して恐妻家ではなかった。

志げは、夫が作品にした『渋江抽斎』の夫人「五百（いお）」に関心を寄せた。気性の勝った五百の夫を助けた希有の働き（抽斎史伝その六十一に記されてある）。上納金を狙った三人の賊に夫が囲まれ、声を出すことの出来ない情況だった。この時入浴していた妻五百がこれを察知し、すぐさま腰巻きひとつで、口に匕首（あいくち）を銜（くわ）え、小桶二つに、湯上がり用の熱湯を入れ、そっと夫の部屋に入った。五百の裸体に驚く賊に熱湯を浴びせ「どろぼう、どろぼう」と叫び人を呼び賊を退散させたという話である。これには、根がやんちゃの志げは深い感銘を受けた。そして芝居好きの彼女は、

「これはお芝居にならないかしら？」と言い、「女形じゃ出来ないな」と夫に笑われた。

「須磨子さんならいいわね」

どんな薄物を着けて舞台へ上がっても美しく、「カチューシャ」を演じて称賛され、一世を風靡した名女優松井須磨子のことである。

「松井くんね、ああ彼女なら適役だ」

「お腰をつけただけでの舞台は駄目ですけど、首に手拭を掛ければ大丈夫ですよ」

「はっはっは、成程」

この時鷗外は（この人は磨かぬだけで、才能を持っている）と既に舞台監督になったように、意欲的で、夢を見るようにじっと遠くを見ている妻を改めて眺めた。それは（この人が、今日のようにいつまでも穏やかに、本来の聡明さを失わずに生きていってくれるように）と祈る深い慈愛の眼差しであった。志げがこのように、ふとした時に見せる遠くを見るような眼差し、これは鷗外小説の名作の一つ『安井夫人』のヒロインお佐代さんの見せる美しい眼差しとして（その瞳の奥に何が含まれているかは不明なのだが）、何かを信じて遠くを見ていたと描いている。今の志げはおそらく、舞台の情景を思い描いての遠くを見る瞳であろう。だが、日頃見せる彼女の遠い遠い所に注がれるような眼差しは、小倉のあの天満宮の篝火ではなかろうか？

＊

この『安井夫人』の中に、主人公安井仲平息軒先生に逢いに来たお客黒木孫右衛門との会話がある。その頃、安井息軒は、その学殖を認められ、江戸幕府の学問所である湯島の昌平黌（しょうへいこう）の斎長を勤めていた。容貌の怪異は治ってはいなかった。背が低く、片目が無く、あばたもそのままであった。息軒の妻お佐代さんの方は女中も置かず、なりふり構わずに働いているが、「岡の小町」と言われた昔の面影は残っていた。客はお茶を出して勝手へ下がったお佐代さんを見て仲平に尋ねた。

「先生。只今のはご新造様でござりますか」

「さよう。妻で」恬然として仲平は答えた。

「はあ。ご新造様は学問をなさりましたか」

「いいや。学問というほどのことはしておりませぬ」

「してみますと、ご新造様の方が先生以上のご見識でござりますな」

「なぜ」

「でもあれほどの美人でおいでになって、先生の夫人におなりなされたところを見ますと」

仲平は覚えず失笑した。

という件がある。

若い頃鷗外は、自身の努力力量には自信があったが、容貌には少々自信を持てなかった。その自分に名花といわれた志げが有無を言わずに嫁いできた。つまり『安井夫人』のこの件は鷗外一流のおのろけである。

第十二話　母から娘へ

杏奴の親孝行

万延元（一八六〇）年、石見国（島根県）津和野亀井藩の御典医十一代目森白仙の一人娘峰は、十五歳にして父に人柄と学識を見込まれた養子静泰（二十六歳）を山口の大庄屋から夫として迎えた。しかし翌年、不幸にして父白仙が江戸からの帰途近江の土山で没した。その翌年に十七歳の峰は長子林太郎を産んだ。白仙の妻、つまり峰の母親清と峰は、この児は白仙の生まれ変わりだと喜んだ。

二代に亘って直系男子の後継ぎに恵まれなかった森家にとって、この男児の誕生は、神のお恵みと感謝し、二人は心を尽くして育てた。峰が十七歳にして立派に子供を育てる見識を持っていたことは称賛に値するが、祖母清も敬愛してきた夫の身代わりとして孫息子を大切に育てた。数年後に廃藩置県で藩がなくなり森家は没落した。この再興を願い、この長子に寄せる二人の期待は更に大きくなった。

元来、亀井藩は学問志向に富み、代々の藩主が藩の文教政策に力を注いだ。丁度森家に跡継ぎ男子林太郎が誕生した頃には、漢字、数学、医学、礼額、兵学の上に国学が設けられ、大国隆正、福羽美静、岡熊臣等多くの優れた国学者が集まり、学問の藩として他藩の群を抜くものであった。

この藩主の文教政策を仰ぎ敬意を以て受け入れ、子息の教育に力を注いだのが、森清、峰の二婦人であった。林太郎は四歳で父親からオランダ語と漢学の手ほどきを受け、六歳から藩校養老館に通い、神童と呼ばれ、極めて高い教育が与えられた。

廃藩置県により藩校は廃校となったが、林太郎は十歳で父と上京し、その二年後に現在の東京大学医学部に入学するのである。本人の資質と教育の見事な相乗効果であった。

森林太郎はどのような奇跡的偉人に育ったか。

実年齢十二歳、（届出十四歳）今の中学一年の歳で東京医学校医学本科予科（現在の東京大学医学部）に入学、十九歳で本科を卒業、二十歳で陸軍軍医本部課僚となり、二十二歳で政府からドイツ留学を命じられ、四年間衛生学及び栄養学を学ぶ。その後の日清日露両戦役に陸軍軍医監として従軍し、兵士の健康に力を尽くす。四十五歳で軍医の最高位軍医総監（中将）となる。そして医学上の功績により医学博士に、更に文学上の多大なる造詣により文学博士に叙せられた。官職四十年間に、最期を迎え臥（ふ）せった日を含めて、欠勤は三十日余りという精勤ぶりであった。そしてその余暇に大文豪森鷗外と仰がれ膨大な量の文芸評論、文学作品を生み出すというかつてない奇跡的偉人となった。

これらの栄誉は一つだけ冠せられるのも難しいが、森鷗外の業績は質量において何人分に当たるか計り知れないほど深遠にして膨大なものであった。国際的にもドイツでは、フンボルト大学付設として森鷗外記念館が設置され、日独文化交流に尽くした人として功績を讃えられ、ゲーテと並び称せられ、その足跡が丁寧に保存展示されている。ビルの屋上に「ＯＧＡＩ」という文字が、空を背に大きく標されている。

この並大抵でない業績の原動力は藩の学問的志向と森清・峰母娘の子息教育の志の高さが要因であると考えられるが、版籍奉還という国体の変遷も原因になっていた。これが無く、もし林太郎が藩の十三代目御典医としてそのままお仕えするのが自然の時世であれば、祖母清母峰の林太郎への教育熱は当然「代々のご先祖様の成されたように、お殿様に心してお仕えし、将軍様のお呼びが掛かるほどに、医師としての力を磨き少しでも祿高を上げるように」であっただろう。政変前の森家は米五十石であったが、廃藩置県令後はその十分の一になり、祖母父母と子供三人の家族六人の生活は逼迫した。

峰は小禄の御典医には満足せず、折あらばと、夫や息子に立身出世と高禄を望んでいた。これは彼女らしい向上心の具体的志向である。この母の思いを敬う息子は「親孝行」を実行したまでではある。しかしこの親孝行が国力を上げ、民意を高める見事な結果を導き出したのである。

廃藩置県もなく、このまま林太郎が御典医十三代目を継いでゆく穏やかな流れに母峰が満足していたら、幼い息子は好きな野の花を摘む日常を楽しいと思い、近所の悪童やおばさんや娘達にからかわれながら自然と土地の人に交わり、風習に馴染み、父から学んだ医学を藩の殿様に尽くし、喜ばれ褒賞を賜る。母と祖母はこれに満足する。その後、母の好む従順な妻を娶り、絶倫といわれる優れた頭脳は大勢の子供を持ち育て、十四代目になる長子には医術を教える。父静泰は茶道を楽しまれたので、息子林太郎は華道を村の娘達に教え、好きな菫の種類を追求し、広大な畑に育て、毎日青野山を眺め、大勢の家族に優しく関わり、家族の長としてまた名御典医十三代目森林仙先生にでもなって長生きをして幸せに終わる。

これは有り得たことではないだろうか？　彼自身の高質な頭脳が博学な何かを発見習得するかもしれないが、とにかく幼い時から漢籍にも日本の古典にもドイツ語にも触れる機会が皆無であったなら「森鷗外」という名がこの世に現れることはなかったのではないかと、慄然たる思いがする。

しかし神は日本の国をお見捨てにならなかった。十九世紀に入ると、日本は江戸時代末期までに蓄積された智の大きな袋を以て国家体制を改革させ、西洋列強に並ぶ新しい強い国を目指すという機運に溢れていた。この時代に多く輩出した優れた逸材の一人として、この津和野に生まれた一粒の個性は、進んで西欧文化・文学流入に尽くし、国威発揚に貢献し、国力を上げた。この功績は見事であった。この時代故に「森鷗外」という偉人の現出に恵まれた新生日本は幸運であった。

＊

鷗外の優れた語学頭脳は、野の花の好きな優しい林太郎少年自らが望んで養ったものではない。周囲の教養のもたらした教育の結果である。三、四歳で父が与えたという漢文素読がスタートであった。語学力を養うのは幼いほど良いという例である。ただし、これが英語ではこの精神性が養われることはない。漢字の六書性また漢文の中に含まれる倫理性精神性は知育と徳育を同時に学ぶことが出来た。今の中国もこの誇りを等閑にしないでほしいと考える。

幼時期に授けられた知識は体質化することが強みである。学んだ当人の個性となり人柄になるのである。これは幼児教育の特異点である。語学と徳育等は最も顕著である。最近では体育も注目されている。成人して自身で気が付き始めた勉強は、つけ焼刃になりかねない。鷗外の場合は、優れた資質に貴重な教育環境のあいまった成果であるが、その後の加速的上達は、親孝行の実行として母親の願いを背負った本人の非常な努力である。

人間は誰しもが、外的刺激によって内部に潜む感覚が目覚め、それが成長と共に積み重なり、個性となり、人格が形成される。教育とは刺激である。真晒(まっさら)な柔らかい幼児（あるいは胎児）の頭脳に、どんな刺激をどのくらいの量を与えるかで才能が蓄えられ、人柄が育ち個性が決まる。

痛い悲しい、怖い淋しい、不味い苦しいなど、いやだという刺激は頭脳に萎縮を来す。嬉しい楽しい、ワクワク面白い、おいしいルンルン等は、また欲しいと頭脳に伸びやかさを与える。伸びやかな頭脳には、より多くの知識が蓄積される。しかし重大なことは、厭な刺激を楽しい嬉しい感覚に変化させることも必要である。これを賢いという。それを育てるのを教育という。苦しい厳しい体験も必要なのである。

鷗外の母峰は、時代が時代だから林太郎にぜひ学問をさせ立身出世をしてもらわねばと、まず温和しいが優秀な夫に息子教育の発破をかけた。また祖母清の優秀な夫伯仙の実家に西家という学問の親戚があり、そこにも幼い林太郎の教育を依頼した。夫と西家に手ほどきを任せ、峰は復習の役を受け持った。峰自身は非常に賢いが、字を知らなかったので、今の高校一年の年齢くらいから学習欲に燃え、子供と一緒に読み書きを始めたのである。

林太郎の勉強は前述のように、幼くして父に漢文の素読を教えられ、六歳にして藩校養老館にて『論語』『孟子』を、七歳で『四書正文』、八歳で『五経』及びオランダ文典、九歳には『史記』『漢書』『オランダ文典』を復読。廃藩置県により養老館が廃校となり、十歳で父と上京し、本郷の進文学社に通いドイツ語を学ぶ。前述のように十二歳で東京医学校に入学（入学年齢に達しなかったので十四歳と届ける）。余暇に漢文で「後光明天皇論」を執筆。十三歳で『古今集』『唐詩選』『心の種』『橘守部』など愛読。本科生となった十八歳で本郷竜岡町に下宿し、同郷の国学者福羽美静氏等から漢詩文や和歌の教示を受ける。十九歳で、ドイツのハウフの童話を漢詩風に意訳し『東洋学芸雑誌』に掲載する。また「河津金線君を質す」（河蝦と蛙の区別についての出典論議）を読売新聞に発表。十二月三日『明治歌集第五編』の料を橘東世に送ると記録にある。

二十歳で陸軍中尉軍医副を命ぜられ栃木、群馬、長野、新潟を巡回し『北游日乗』一巻と、『医制全書稿本』（プロシアの陸軍衛生制度の研究書）全十二巻を編述する。私立東亜医学校で生理学を講義する。その傍ら『源氏物語』の中の和歌を漢訳した。

以上が森鷗外の二十歳までにした勉強と著作の概略である。

これには峰の常に「今のご時勢では本を書いて売るのが一番。書く者は賢くなるし、第一お金が仰山入るがね」と言い、家計のために夫を励まし、夫の著作を助けるために家族皆に協力を督励したことがあった。この母の言葉に、極めて賢い林太郎は「いっぱい勉強して立派な本をたくさん書いて出版して、母様に喜んで頂こう」と、子供心にも強く思ったという。それが近代において、その質の高さと膨大な量共にこの息子の右に出る者はない見事な業績となり、世を潤した。

この森家の母親の人生哲学が、社会に計り知れない大きな貢献を成した例を考えると、子育て時期の母親の教育的一言が、幼い子供の頭にどのような刺激となるかを考えた時、幼児教育の重要性を改めて考えさせられる。伸びゆく幼児の頭脳は計り知れないものを秘めている。幼稚園、保育園はまさに知の宝庫である。

子供の可能性を信じ、大切に育てる。当たり前のようであるが、実は初めての育児の場合、若い母親は「そうしては駄目、他の人に迷惑」と、その健気な倫理感から、子供にダメを指摘しがちであるが、これは子供を消極的にするか、反抗的にするかのおそれがある。よいことを沢山褒める。駄目なことは優しく納得させる。これが幼児教育のこつである。これを鷗外が子育て中の妻に何度か手紙で書き送っていた。鷗外の母の育児は後世のママ達のお手本である。

＊

大正五（一九一六）年、テーベス百門の大都と評され、未曾有の仕事を成し遂げ、おそらく何百年に一人現れるかどうかと言われるほどに偉大な息子を産み育てた森峰が亡くなった。七十歳である。最期の病床の布団は、一時息子のために嫌悪した嫁だが、やがて理解し合える仲になった嫁志げの心尽くしの美しく暖かなもので「生まれて初めて布団の心地よさを知った」

と語ったという。峰女のタフな一生を語る逸話である。

息子林太郎から親友賀古に「妻が母の世話をよくして呉れ幸せに候……」と書き送ったものがある。そして老いた母に贈るように、小説『山椒太夫』を書き、母への尽きせぬ敬慕の情を誌した。

しかし、この母の亡くなった日前後の日記であるが、

「大正五年三月二十七日（月）晴れ。杏奴仏英和小学校卒業式に演技す。伊澤徳・澁江保に書を送る。夕より母発熱し下肢痛を訴ふ。筋痛なるものの如し。既にして脈微弱百五十に至る。夜に入りて脈百二十、百三十に至る。強心方、沈痛方を処す。」

「三月二十八日（火）半陰。午前〇時四十五分母絶息す。朝微行して、仏英和学校に往く。偶来れる澁江保と語り午後家に帰る」とだけあり、母の死に寄せる感情の記述はない。

この日の杏奴とパッパの会話である。

「パッパ質問してもいいですか」

「ご遠慮なくどうぞ」

「お祖母様が亡くなったのに、どうして学校に来たの？」

「杏奴の劇を見にさ」

「下手だったでしょう？」

「いや、上手だった」

「ううん。だめだったと思う。前の日にはちゃんと出来たけど、パッパを見付けたら、緊張して間違えちゃったの」

「そうか、そりゃ悪かった」

「いいえ、わたしは嬉しかったの。ただお祖母様が亡くなったのに、パッパは悲しくなかったの？」

「うむ。生きていらっしゃる時に充分親孝行をしたから、少しも悲しくはなかった」

「本当？」

「ああ本当だとも。生きている時に親孝行をしないで、亡くなってから悲しむのは可笑しいことだ」

「そう。分かりました。……わたしも生きていらっしゃる時に親孝行します。パッパ、お手伝いありますか？」

「はいはい、ありますよ。本棚を片付けますからお願いします」

「はい」

「本は、丁寧に扱って下さい」

「パッパはいつも楽しそうにするけど、本棚の片付けは好きですか？」

「何でもないことを楽しくやると、好きになる」

「何でもなくないことは?」

「そんな時には一生懸命やるのさ」

「ふうーん。そう」

「杏奴もこれからはそうやってごらん」

「はい。やってみますとも」

「ははは、お母ちゃんのようだ」

*

鷗外の次女杏奴は、明治四十二年五月二十七日に誕生した。清少納言の現代版のような才気溢れる随筆家となり、多くの著述を著した。十四歳で父を失った後、既に結婚していた姉茉莉に代わり、母志げを亡くなるまで支え、親孝行を尽くした。洋画家小堀四郎画伯夫人となり、幸福な家庭を築き、社会活動にも献身された。

知性派で繊細で、母親似で表裏のない明るくスッキリした性格、そして洋風に洒落た個性に若い女流文筆家達が憧れた小堀杏奴である。この杏奴の誕生した年に父森鷗外は文学博士の称号を贈られた。

濡縁の上に干したる牡丹刷毛
　日に照らされて乾きつつあり

　これは杏奴が十歳か十一歳のころ初めて作った短歌である。文学博士パッパがこれを見て「ほう杏奴の作か。乾きつつあり。この目の付けどころがいい。牡丹刷毛（ぼたんばけ）の音とよく呼応している」と賞めたという。それで続けてまた五つ六つ作った。

「父はよく私達を賞めてくれたが、そうすると、子供心にも何だか一種の自信力が植え付けられるようで、自然に満足な落着いた気持ちになれた」

　と述べているが、これは愛の育児教育の基本である。鷗外自身幼い時に勉強する度に父始め藩校の教師達に良く誉められた。出来ると周囲の大人達が驚いてくれる。それが励みで勉強が好きになり。めきめき上達した。教育とは、子供の自尊心を大切にし、これを育てることである。

「杏奴は今にきっと偉くなるぞ」とも言ったそうである。そして杏奴は、

「父の愛に満ちたそうした言葉の数々を思い出し、うっとりとした幸福な気持ちに浸ることが出来るのである」

と書いた。子供が常に幸福な気持ちになるように語りかけるのが親なのであるという。偉人とは、親には良き子で、妻には良き夫、子らには良き親であってこそ、社会において全人的なのだ。森鷗外を知れば知るほどにこの姿が強く見える。良きの中には強きが含まれるのが嬉しい。

杏奴が父の思い出を書いた著書『晩年の父』は、鷗外の良きパッパぶりが目に見えるようだ。四人のお子方のどの著書も、それぞれ個性的に父親鷗外の温かな優しい愛に感謝と敬意を込めて、懐かしく描いている。

学校から帰ると、私は整然と自分の部屋の机の前に座って、両手で囲うようにしてじっと時計を見ていた。四時、四時に役所が退けるのだ。私には役所で鳴らすその鐘の音が聞こえるような気がした。そして博物館の入り口の石段を降りる父の姿が見えた。十分過ぎ、上野の森を歩いているだろう。私は飛び上がるように起つと草履を穿いて表に出た。そして、まっしぐらに団子坂を駆け降りて、電車の停留場へ行く。そういう時、表で三輪車に乗って遊んでいた弟もよく一緒について来た。駅で二人の子供は、しょんぼり寄添って、電車を幾台も幾台も待った。弟と私は電車の二つの降口から眼を離さず、降りて来る人を調べている。「パッパだ」どっちかが叫ぶ。「パッパア」二人は競争で駆け出して早く父の手につかまろうと焦った。私はそうして父の腕に縋りつく瞬間、一日中の不安をやっとなくする事ができた。
父は何時ものように和やかな微笑をうかべていた、私達はそうして両手に摑まったまま毎日のように帰ってくるのだ。私は朝、父と別れてからの一日中の出来事を全部話した。父もまた一つ一つ役所で起こった事を話して聞かせた。「杏奴ちゃんは如何してそうパッパが好きなんだろうねえ」と母はよくそういって笑った。

しかし杏奴に、この大好きなパッパとお別れの時がやってきた。

いつか父は病気で寝るようになった。寝るのはもう余程悪くなってからの話だ。……私が病室に入って行くと、父ははかなげな笑いかたをした。……私は黙って父の傍に座った。父は白い手を伸ばした。私はその手を取って青い静脈の透いて見える父の手を静かに撫でた。二人とも、長い間別れていた人がようやく逢えたように黙ったまま、お互いにじっと微笑しているだけだった。……その中に、手を取られたまま父は寝てしまった。私は急に悲しくなった。
強くて強くて父は本当に優しいのに強かった。子供の前で寝て仕舞うなんて事はなかった事だ。いつだって私達を守っていた。父がいるという安心で、私たちは遊びながらでもよく寝てしまったものだ。それが今は子供のように私に手を取られながら、父は眠ってしまった。私は傍にある団扇を取って静かに父を扇いだ。……私は涙が後から後から流れて団扇の上にぽとぽとと音を立てて涙が落ちた。

私は母の心遣いから一時預けられる事になって、よそながら窓を隔てて父の顔を見に来た時は、もう父は唯にぶい眼を光らせているだけで、私の微笑に応えてくれる事も出来なくなっていた。……「パッパ、さよなら、良くなって頂戴」心にそう思いながら、私は涙をふきもしないで、もう私を忘れてしまったように知らん顔をしている父の顔を見て、何時までも立ち尽くしていた。……。

学校へ行くと、皆が新聞で見た父の事を話題にしていた。……陸軍の軍服を着た父の写真の傍らに、今暁が一番危ないと書いてあった。……九日の朝になって家から使がきて呼びに来られた時は、もう一番危ない時期が過ぎて、父は自分に逢いたいのだろうと思って喜んで帰ってきた。洋室に這入って、白い布を顔に掛けている父を見た時の私は、驚きのあまりに泣く事もせず、凝り固まったように突っ立っていた。母に連れられて、部屋を出て、廊下の曲がり角まで来た時、私は初めて大声でわめくような声を上げて泣いた。……私にとって、その時の父は私の総てであったのだ。

人はこの世で誰よりも愛し、自分を喜ばせてくれた者のために、なににも勝るつらく、そうして悲しい思いを味わうものである！

これは後年杏奴が、私の人生哲学の一つであると述べた言葉である。
「父が死んだ時、十三歳の私は死ぬほど悲しみ、母と二人、半年ほどは泣き暮らした。お棺の中に、父と一緒に入れられ、焼かれたらどんなに幸せであろうとしみじみ思った」とも述べておられる。更に「人間の生命とは、神から、その父母を通してはじめて頂けるものであって、どんな人間も例外なく、生まれたては素裸で微弱く、脆い小さな肉塊に過ぎない。……それをそれこそ夜の目も寝ずに育て上げ、食べさせ、着せ、教育を受けさせ一人立ち出来るようにするまでの両親の苦労ははかり知れない」と。

父に倣（なら）い、母上に限りない親孝行を尽くされた方の言葉は胸に染む。そして「父が長命であったら、私は他人を顧みることの出来ない人間になっていたかもしれない」と大好きな父の衝撃的な死は、死して尚大きな教訓を残してくれたという。

この杏奴の著書に「祖母は性質も善良で、しっかりした偉い所もある人だが、物欲に強い所が欠点だったと思われる」とあるが、確かに嫁や孫達、使用人、出入りの商人達が、峰の金銭的厳しさを感じたらしい。この峰の欠点を長所であるとして証明したのが長男林太郎である。

父亡き後、その父の訓え通りに母を大事にし、親孝行の限りを尽くした杏奴が、絵の勉強に行ったパリから帰って、フランスで描いてきた絵を類と一緒に光風会に出品したが、自分達の絵を見て「もう一度デッサンからやり直そう」と言った。師の藤島武二先生が、腕の確かな人として紹介してくれたのが小堀四郎先生であった。しばらく小堀先生と姉弟は親しく楽しい日を続けた。やがて杏奴の姓が小堀となった。このなりゆきを、藤島先生は誰よりも喜んだという。

母志げも喜んだが、しかし杏奴が家を去ると、腎臓を病む。体調がだんだん悪くなり、尿毒症による痙攣に苦しんでいたが、その三日に一度の痙攣が毎日のようになり、身籠もった杏奴は大きなお腹を抱え、これ以上無理というところまで里に通い続け、母を見守った。やがて三月三日、無事に桃の花のような長女を出産したが、この一ヵ月後の昭和十一年四月半ばに母志げは、楽しみにしていた孫娘を見ることなく、散る桜に誘われるように初恋の夫鷗外の許へ帰った。「茉莉を頼む」と枕元にいた類に一言残したという。この時の母の様子を類は、次のように書いている。

……目がさめたときに僕の姿が認められるように、枕もとに机をすえて本を読んでいた。……目をさました母が「何時だい?」と言った。それから僕の顔をじっと見て、「たいへんな病気になったよ」と言いながら、細い両腕を僕の腰にまわしてしっかりと抱えた。発作を起こすことは知らなくても、ときどき気を失う病気だと思うらしかった。もう芝居に行けないことはもちろん、ここでこのまま死ぬのだと思うようになったらしい。なぐさめようもなく、僕もじっと母の顔を見た。母は子どもにさわられることをきらい、子どもにさわることもない人であった。それがこんなに抱きしめるのは、よくよく寂しかったのであろう。……

長年森鷗外夫妻の愛を探求してきた私の目からはしとどと涙が溢れた。そしてふと、「てふてふが一匹韃靼海峡を渡って行った」という有名な一行詩を思い浮かべた。韃靼海峡とは、サハリンとユーラシア大陸の間にある間宮海峡のことである。サハリンの南半分は日本の領地であった。

森鷗外という偉大な韃靼海峡を、森志げという汚れのない一匹の紋白蝶かひらひらと渡っていったのである。

どんな困難にあっても、遠くを見つめるあの眼差しで、小倉時代の楽しい日々を思い出し、敬愛してやまぬ夫を信じ、勇気を奮い起し子供達を育て上げて、自らの病とも闘い。身はずたずたになりながら渡り切ったのだと思う。どれほどの涙を以てしても彼女を癒(いや)すことは出来ない。

さくらの花びらを二つ三つ鬢に肩に背につけて、夫の胸に倒れ込んだであろう。昭和十一年四月十八日。遅咲きの八重桜と山吹と紫木蓮の花に見送られて……。

その後日談　鷗外再来

先日、日本エッセイスト・クラブ賞を受賞した『死を生きた人びと　訪問診療医と355人の患者』という本を読んだ。この著者が、もしこの志げの臨終に立ち合っていらっしゃったら、どのような場面が展開するであろうか、どのような言葉を掛けてあげるのだろうかと、自分の勝手な想像に身の引き締まる思いをした。きっと志げはその医師のお言葉に納得し、喜び、絶世の美女と謳われた時代の美しい表情を取り戻し、穏やかに微笑みを浮かべ、愛する夫鷗外の許へ逝らっしゃったのではなかろうかと思った。

この本の著者は誰あろう、鷗外の次女杏奴さんのご子息小堀鷗一郎（おういちろう）先生、森鷗外のお孫様である。お祖父様と同じ東京大学で学ばれ、医学部の付属病院と国立医療センターに四十年勤務し、食道癌専門の名外科医として三百十九件を執刀されるなど、臨床医学の最前線を走り続けてこられた。定年退職後の平成十五年からは訪問医療への取り組みを開始され、自宅で療養する患者を訪れ診療を行い、今までに三百五十五人を見送られたという。

著者鷗一郎（おういちろう）先生の生まれは昭和十三年で、母方のお祖母様、つまり森志げ夫人ご逝去の二年後である。この素晴らしい医師を、志げさんに対面させてあげたかったとしきりに思うのである。今の医学であれば、志げの患った病気は楽に治せるものである。長寿時代の今のように志げが八十歳くらいまでご存命であったなら、鷗一郎先生は三十歳くらいであるから、面会は十分にあり得た。森鷗外というあまりにも偉大な伴侶を、四十二歳という若さで失い、以後、未亡人という厳しさや、周囲からとり残された淋しさに堪え自らの心身を削って努め、夫の死後十四年間は三人のお子の幸せを願い孤軍奮闘され、腎臓を病み、また病名のはっきりしない病気で五十四歳で死を迎えられたのは気の毒でならない。

鷗外の著作に『じいさんばあさん』という名品があるが杏奴さんの望まれるように、年を取った森鷗外夫妻に、小倉時代のような信頼感に溢れたスイートで和やかな日々をお過ごし頂きたかったと切に思う。

志げは幼い人の純真さを愛し、どの孫もとても可愛がった。存命であったらこの鷗一郎ちゃんをどれほど可愛がったであろうか。幼くして亡くした、パッパそっくりの賢そうな眉目秀麗な不律ちゃんの生まれ代わりと思って大事になさったであろうと想像するに、やはり志げの早い終焉は残念でならない。

次にNHKのドキュメンタリー「大往生～わが家で迎える最期～」をテレビで拝見した（二〇一九年二月二十四日初回放送）。先のエッセイスト・クラブ賞『死を生きた人々』のテレビ版である。

＊

驚いたことに六十歳で亡くなったお祖父様、鷗外の晩年の写真と、八十歳過ぎの鷗一郎先生のご容貌がそっくりであった。お顔立ちの整ったところは美人の誉れ高い志げお祖母様が彷彿とされた。二十年間鷗外夫妻を印刷物のみで追ってきた私には、鷗外がそこに生き生きと居られ、話をし、笑顔を見せ、優しく語り掛け、元気に車を運転していらっしゃるのが見え、ただただ胸がドキドキで感無量であった。

千駄木の森鷗外記念館で、奈良で英国皇太子をお迎えする鷗外の、足早に歩く姿の映像をちらと拝見したことはあったが、もはや鷗外はずっと昔の人、遠い遠い所へ行ってしまわれた神のような存在と思っていた。それが、今そこに生き生きと動いていらっしゃるのを拝見出来たのであるから、喜びに震えた。

当時の鷗外より二十歳以上も年嵩の鷗一郎先生であるが、お顔はお年よりずっと若々しく、あたたかく、明るく優しい。このお顔には本物の鷗外の血が流れていらっしゃる。あの秀でた額の形がそっくり、目鼻立ちの整って美しいのは志げお祖母様の血、あのお二人の血の流れている方がそこに活き活きと活動していらっしゃるのだ。弱くなった人々を優しくお励ましになってと、ただただ感動いっぱいであった。

＊

令和二（二〇二〇）年十月十五日。私は娘と、埼玉会館小ホールへ行きました。「人生をしまう時間」という映画を観るためです。先のＮＨＫのドキュメンタリー番組を拡大したものであり、会場は観客でいっぱいでした。

「東大病院の名外科医がたどりついた最後の現場、それは『在宅』の終末期医療だった」の説明があり、スクリーンには小堀鷗一郎先生の活動のご様子が、具体的に映し出されてありました。

森鷗外の血の通っている、鷗外の再来ともいうべき方の考えと行動。私はまたも画面を目に焼き付けるように拝見しました。

この難しい老齢化の時代。死をどのように捉え、迎えるべきか。どんな人にもやってくる死を幸せに迎えるには、どのように生きるべきか？　頂いた命を有効に生きるために何をするか？　家族とどのように心の整理をするのが良いか等々を、様々教えて頂きました。

死を迎えた患者に親しく付き添って、優しく明るく接する医師。微笑んで安心し、感謝し、心置きなく亡くなる人の姿をしみじみと観せて頂きました。

画面は死ではなく、詩が流れていました。


往診の優しき医師に贈らんと柿の赤きを待つ老いし人　（筆者）

第十三話　鷗外幸福の名場面

子供達と

森家は、津和野藩主に仕えた十数代続く医家であるので、毎年冬至の日に、その一年の健康と無事を神に感謝し、次年を祈ってお供え物をした。これを家族の者と使用人一同が戴く行事があった。冬至祭という。廃藩置県もあり多忙な鷗外の代になってしばらく中断していたが、子供が生まれ、彼らをこよなく愛した鷗外は、冬至祭をクリスマス風にし、再興した。

クリスマスイヴの日ではあるが、クリスチャンではないのでこれを「ノエル」と呼んだが、子供達はクリスマスプレゼントの日と言って喜んだ。

後年、どの子も、この日が一年で最も楽しい日だったと語っている。

父母はこの日のために、まず子供それぞれの希望に沿ってプレゼントを用意する。何日も前から妻と二人で、それらの買い物に出掛けた。鷗外の日記には、お昼に鰻やてんぷらの有名店に寄った、帰りに銀座のパーラーに寄ったなどとある。買ったプレゼントの納品があると、子供達には見せないように、当日まで観潮楼唯一の洋室、クリスマツリーを飾る部屋にしまい、鍵を掛ける。

　その日が近付くと、子供達はよく勉強したという。父と母はまずツリーの飾り付けをする。大きなツリーだったという。これも二人の楽しい共同作業である。

「パッパ、ドイツのイーヴはどのようでしたか」

「うん。キリスト教徒が多いせいか、ミュンヘンの街に、人形が出てくる時計台があって、その下の大きなツリーが綺麗だった。脇に楽隊がいて演奏していた。美しい曲だった」

「本場ですものね。一度見てみたいわ」

「連れていきたいよ」

「行きたいわ、本当に。でもお食事がね」

「ははは、味噌汁はないな。ソーセージという旨いやつがあるよ。肉の腸詰めだ」

「だめだめ、聞いただけで頭が痛くなるわ」

「そうかねー」

「このツリーで我慢だわ」と言い、ツリーを眺める妻の横顔を見た。思わず、「ああ、綺麗だよ。綺麗だ」と言った。

　そして、あの頃のドイツ人の日本女性の容貌観を思い出した。

（皮膚が薄茶色で目が小さい、鼻が低くて、出っ歯が多い、極東の島国のアッフェン（猿）の子孫だからと、平気で言っていた。しかし、茶髪と鷲鼻と弛んだ顎の方が美しいとは疑問だ。男子の智が優れているのに比べ、女性の地位の低さと、容貌の醜さを笑う者が多かった。それにドイツまで来るのだから、男の家は地位が高く金持ちに違いないと推測してか、ドイツ女性は、相手の容貌かまわずに、日本男性との交際を希望する者が増えたようだ。黒髪と、黒い瞳は思索的だ。このお志げさんや、晶子さん〔与謝野晶子〕を連れていって見せてやりたいものだ）と思った。

この時ふと、閨秀作家樋口一葉の、慎ましいが凛とした顔も浮かんだ。

（若くして亡くなったが、いい小説を書いた。『たけくらべ』はとてもいい。彼女でなければ書けない。惜しい人であった）

彼は一葉の葬儀には、軍人として最高の弔意である馬上礼を以て報いた。これも思い出し、もう一度「綺麗だよ。充分に綺麗だ」と言った。出来上がったツリーと、愛する日本の女性達にであろう。

妻は、「そう。随分工夫しましたものね」と言った。

二日かかったツリーが出来上がると、父は子供達が書いた一年分の希望のメモを読み上げ、一つ一つに名前を書いてチェックする。それを母が包装する。

「於菟はドイツ語の原書。これはなかなか手に入らない。茉莉にはフランス語の辞書」

「茉莉にはそれと、欲しがっていたお洋服とストッキング、ガラスの置物、色タオル、ぬいぐるみもあります」

「未だに熊の子かい？　ハハハ。杏奴は童話の全集とローズ色のジャケット」

「それに、スケーターと千代紙と色毛糸、やはりぬいぐるみです」

「類は絵本と三輪車か」

「はい、これで全部揃いました」

ツリーに灯りが点り、金銀の色紙がキラキラと輝き、中央にリボンが掛けられたプレゼントがずらりと並んだ。

「お入り」

母の声に、待ち構えていた子供達が揃って、どどっと入る。「まあー」と喜び、ツリーにお辞儀をして、拍手をする。そして親子揃って「ノエール」（賛美歌）を歌う。

次に精養軒から届いたクリスマスケーキを麦湯で頂きながら、欧州仕込みのパッパの希望で一人一人がパフォーマンスを見せる。

「お茉莉、富士山をやってごらん」と言う。

「ふじさん？」

ちょっと首を傾げてから、ねえやを呼んでシーツを持ってきてと頼む、持ってきた中から一番白い薄いのを選んで半分に折り、頭からかぶり、椅子に腰掛け両手を斜め横に伸ばす。

「おお、立派な雪富士だ。もうちょっと肩を上げてごらん。ああいい、上等、上等」

皆笑い転げて、手を叩く。

杏奴はいつも、父に誉められた自作の短歌や詩を読んだりするが、その日は、姉の被ったシーツを手に取りじっと見てから広げ、その真ん中を自分のハンカチーフで縛り、そこを着ている着物の後の帯に差し込んでもらい。シーツの端を左右の手に摑んで後を向いて万歳のように斜めに手を上げた。皆驚いた。パッパは、

「おお、これは大きなちょうちょうだ。立派な蝶だ。富士山も蝶々も着想がいい。感心、感心。アンヌコの機転はなかなかいい。上等だ」

と言った。

茉莉は、杏奴を誉めた父をちょっと睨む。

類は蒸気機関車を真似て部屋を一回りする。於菟はメガネを持ってきて掛け、鼻の下に新聞紙を小さくちぎり貼りつけて、厚い辞書を前に腕を組み「北里先生」(北里柴三郎)と言う。皆大笑いする。パッパも俯(うつむ)いて、「クッ、クッ」と笑う。

「ほほほほ……」母の笑い声が明るい。

こうして集まった子供達の喜びに沸く様子、妻の心からの笑顔、これらは常に、苛酷に挑戦

する鷗外には珠玉の時であった。

＊

子供達を愛した父鷗外の思い出を書いた末っ子、類の著書『鷗外の子供達』による逸話がある。

常に厳しいお母ちゃんと、助け船のパッパであった。その日、志げは女学校の同窓会から帰ったばかりで、書斎にいる夫に声を掛けた。

「只今帰りました」

「ああ、お帰り、どうだった？」

「皆様お揃いで、宮様もお元気」

「それはよかった。盛会だったろう、能は」

「羽衣、それはそれはよかったの。今着替えて参りますわ」と話したその時、類が母を見付けて飛び付いてきた。志げがぱっと避けた拍子に類は廊下に転んだ。顔を打ち、「ウウウ、ウー」と泣いた。

今考えると、子供につきものの困ること、半分しゃぶった飴を口から出して眺め、その手でよそゆきの着物に摑まったりすることを母はきらいだった。「三分待っておくれ、この着物は汚れたからって、ざぶりと洗うわけにはいかないの……。一体誰が飴なんていうものを発明したんだろう」母は、日本で一番はじめに飴をつくった人物をさがしだし、俥を呼んで製造禁止の交渉に出掛けまじき顔色で怒った。

「よしよし、ぼっちゃんは泣くな、お母ちゃんも怒らないで、いいきかすほうが良い、飴を発明した人間も悪気があって作ったのではない。怒ってもだめだ」父は書斎から静かな声で言い、さもおもしろそうに「クッ、クッ、ク」と笑った。

また、

夜中に目を覚まして、「パパおしっこ」そう言うと、隣の布団がむっくり持ちあがって、便所に連れていってくれた。握られた父の手からは、無限のやさしさが伝わり、廊下は冷たかった。……済むと、懐紙を取出し、一、二滴の粗相のあとを丁寧に拭ってくれた。

また、『静かにおし。おかあちゃんを起こすでないよ。まだ熱がある。薬を飲んで寝たばかりだからね』と気遣うこともあった」という。

父は母の病気に気付かせてくれ、母を思いやることを教えてくれた。類は父の教えは全部しっかり吸収したという。成長してからも、母の怒りは「病気」という亡き父の教えを忘れることはなかった。

類は古本屋にもよく付いていった。時には子供達の遊んでいる広場の木陰で父は、履いていた下駄をお尻に敷いて、買ってきた本を読み始めることがあった。類は、「それが大変、日が暮れて字が読めなくなるまでだから」と言うが、その姿は不思議に、類に邪魔をしてはならないものを感じさせ、夕方友達が皆家に帰るまで遊んだ。子守をしながら勉強する父親図である。

この話は於菟にもある。これが道端の時があって、通る人が乞食の親子だと思っただろうと言っている。鷗外の知識欲の凄さである。この父の姿に、子供達も敬意を感じたのはさすがである。

このように稚(おさな)い末子類に父森鷗外の与えた愛の教育は、類を、優しいが決して挫けない明るい人に成長させた。良い父親であった。

鷗外日記には家族と過ごす記録が多く見られる。お天気が良ければ、植物園や飛鳥山に連れ出し、自然を楽しみ、自然から学ぶことを教えた。後から、母が女中の島と二人でいそいそとお弁当を持ってきて、親子ピクニックを楽しんだ。

＊

大正八年十一月二十七日。十六歳の茉莉は貿易商で富豪の山田陽朔の長男、東京帝大文学部哲学科卒の山田珠樹に嫁いだ。

茉莉のいない淋しくなった日々に、千駄木の家で母志げは再び病むのである。精神医療には今のように良い薬も治癒法もない時代である。当時は脳病院と呼ぶ拘置所のような病院に入院させた。

志げは自身の性格的真面目さが自らの心を縛り辛い思いをするのであるが、これを他人のいじめと妄想する。このような神経症を理解出来る人が少ない中で、(可哀想だ。何とか治してやりたい)という夫鷗外の愛と医師としての奥深い見識で支えられていたが、家の中は曇りがちであった。茉莉が千駄木に帰ると、不思議に晴れになる。

父鷗外の方は、愛してやまぬ娘茉莉の夫となった山田珠樹氏を、學も富も充分信頼に足ると高く評価し、山田新夫妻宛てに「僕は思ったことを有りの儘書く」といって、非常に親密度高く、心のうちをあからさまに、そして情愛の溢れた信頼の便りをたびたび送っている。「……稚(おさな)い妻ではあるが良い子である。彼女を理解して、希望を持って、未来に二人で賢い楽しい光明世界を造り出す人生を送って欲しい。幸せは自分達で造るものだ。……」などと。

翌年、茉莉は男子を産んだ。祖父となった鷗外が、ジャックと名付けた。漢字で「𣝣」である。「爵」の古文字だそうである。家人皆が子供には難しいと言った。鷗外は「木に四、艮、寸は少しも難しくはないが」と言った。成程と茉莉夫婦は納得し、漢字に親しむ奥義を改めて学んだという（ちなみに、この茉莉の長男爵は後に、東大仏文科の教授となる）。

茉莉が嫁いだのは、鷗外の死の二年半余り前である。森鷗外という、知において右に出る者の無いというこの智の壺にも、年齢と膨大な仕事の疲れであろうか、微かなひびが見られたようだ。ある日、志げから夫に何か抗議があったらしい。珠樹への手紙である。

……異常に強く、論理的にからんできて、僕の考えと一致せんことを要求する。あなたと珠樹さんは不真面目です。とも言う。……僕も時としては相手にならぬという態度をとって「お前の頭がわるいのだ」といってしまう……。

志げはこの時は三十代後半で、女性の心身に内在する生命力の最も強い熱情の時代である。彼女の思う正しい思いを否定されると、間違いを正そうと、時として強烈な激しさを見せる。（茉莉はいない。先妻の生んだ於菟には頼れない。頼りの夫もこの頃は、自分の思いを無視するような態度も感じられる）等々と、淋しさが高じてくる。若い頃はすぐ涙が出たが、三児の母になり、亡き姑峰のように活発にと思い頑張ると、態度が過激になる。夫の愛の期待が強過ぎる時期であった。

鷗外のような大きな智と、深い深い情愛を持った思索の人の言葉を、誰でもが理解出来るとは限らない。東大教授の硬派の学者である茉莉の夫でさえ、鷗外の死後は次第に茉莉との間に隙間が出来た、妻茉莉の書いたものに、「珠樹の中のどこかに潜んでいるらしい魔もののせいで、珠樹との間にいくらか冷ややかなものがながれて来ていた……」とか「……珠樹がその頃下谷で遊んでいた事に……」という記述がある。学と富と人格は別物である。高潔な鷗外はそれを同一と信じたのであろう。

*

パリから帰って二年後、山田夫妻に次男亨が誕生する。それから二年を経ずにこの夫妻は離婚する。この茉莉の離婚について森親族は、全て志げが悪いからだという。世間の森鷗外を知る人達も、「やっぱり、ヒステリーの娘だから」等という冷たい視線があった。夫亡き後、孤軍奮闘する志げに大きな痛手であった。

「茉莉を引き取りましてございます」と恥を忍ぶような母の言葉に、茉莉は「私の方から出てきたのよ」と威張って言う。そして「パッパの希む光明の未来は、私一人で築きます」とも言う。並ぶ者のない超人の父親に、頭の真っ芯まで愛された娘の自信であり強さである。

この離婚の経緯については、茉莉のエッセイがあるが、「この経験をヒントとした小説である」と本人は言う。何事も客観視出来る余裕のある頭脳なのである。これも茉莉が父親似の小説家であると評されている。日常の事実からの人間の持つ真情を追求したものである。それに茉莉には、あるヒントを得ると、そこから展開する彼女独特の驚異的想像力に依って創作され書き著される文章には、誰も真似の出来ない独特の美しさがある。彼女によれば、この世の否定は実は肯定なのである。人間の世のあらゆることは肯定なのだという大きな人生観、世界観、包容力がある。これは母親の持つ真っすぐな性格と、偉大な父親の真の愛に、心ゆくまで育てられた感覚であり、思想であり人格であり、森茉莉文学の特性となった。

神は、茉莉を八十四歳までお守り下さった。愛は不滅である。神となった亡き父は「あの大きな空」から見守っておられたであろうし、死の直前まで茉莉を心配した母志げの魂も、茉莉を守るものであったろうと思われる。

＊

以前に志げが森しげ女として著した手紙風の小品『りう子様に』に、「……私の子供達ですか……さうね。二人の娘と一人の小さい男の子、それからわたくしの前にゐた人の生んだ、わたくしより背の高い長男、それにね、寂しい苔の下にも、わたくしの生んだ男の子が一人ゐますの……」というくだりがあるが、これより十年ほど前、鷗外の愛する二人の子供が「百日咳」

に罹り、専門医に死を宣告されたことがある。森家では前の月に、死ぬはずのない健康だった次男篤次郎が、暮れから東京中に蔓延した呼吸器の病気で急逝した。森の母峰は、（長男林太郎は二児の看病に疲れ切っている、次男の二の舞を踏んだら！）とその恐ろしさに震えた。医師は生後半年未満の子供に治る可能性はないと言う。確かに病児達も苦しんでいる。そこで峰は、この子達の「安楽死」が一番と考え医師に相談した。そして小さい男の子は亡くなった。

　この経緯を知って志げは泣いた。五歳の茉莉は奇跡的に回復した。自尊心の極めて強い鷗外は、敬愛する母の計画には正当性があるはずだと考え、数秒の差で娘の命を救ってくれた妻の父親の大恩を小説にしたが、己も母に同意した贖罪感もあったであろう。亡くなった小さい息子には医師としての自責もあったが、兎にも角にも五歳の幼児である茉莉が、自分の意志を見せて回復したのである。そして親として大きな幸せを感じさせてくれている事実が有り難く嬉しく、茉莉の心を虜（とりこ）にするほどに愛した。元来が子煩悩の鷗外であるから、生まれたどの子にも間違いなく愛を与え、それぞれに立派な人間性を植え付けたことは確かである。

　母親志げの方は（あの眉目秀麗な小さな息子の死は姑峰のせいだ）との恨みが消えず、いつまでも心を痛めた。この志げの悲しみを、やはり辛い思いで見ていた姑峰がある時、言った。

「不律ちゃんは、おじちゃんと一緒で安心だろうね。おじちゃんも淋しくないしさ」と。

　志げはこの言葉にふと頷き、夫の弟篤次郎の底抜けに明るい優しい人柄を思い出し、息子を亡くした峰の辛さも理解出来るようになった。ひと月違いで亡くなった二人の遺骨は隅田川を渡った向島亀井藩弘福寺の森家東京墓所に、大小二つがぴたりと寄せて葬られてあったが、その後の関東大震災で寺が消失し、森家の墓所は三鷹の禅林寺に移された。

＊

大正十一年四月十六日付、鷗外が巴里にいる山田珠樹へ宛てた手紙の末尾に、茉莉宛ての一文があった。兄於菟と一緒に渡欧する途中、茉莉が父宛に出した手紙への返事である。

杏奴を佛英和女学校入れてやっと安心した。これから類をため直さねばならない。
香港までの手紙を見た。大そうおもしろかった。…………。

とあった。
この手紙の中の「類をため直さねば……」から、父鷗外が非常に可愛がり、のびのびと育てた類君をどのように「ため直す[9]」のかと非常に興味のあるところであるが、惜しくも実現しな

9　ため直す…華道の用語で、枝ぶりを直すこと。

かった。この手紙のふた月半後に森鷗外は亡くなるのである。

父鷗外が公務に書き物に忙殺されず、類の学力に時間が取れたら、記憶力に非常に秀でていた類であるから、その効果は充分であったろうと思われる。じきに中学生になるのである。類には、父が幼い時に受けたような高度な学問を誰も与えなかった。類の勉強に目を注ぐ者は一人もなく、類は大きくなっても好きな三輪車でよく遊んだ。やんちゃをしては母に叱られることばかりが多くあった。倉に入れられ鍵をかけられ泣いている類に、祖母が「お母ちゃんや、許しておやり」と言っている声が聞こえたという。

父鷗外のように幼児時代から万全の教育を受けていたら、ため直すことはなかったと考えられる。何をしても「よし、よし」と言ってくれた父に愛された類。学校の先生が「駄目だね」と言っても父は「良い、良い」とほめてくれた。当然学校を嫌い、人々皆が最敬礼をする立派な偉い父の言葉を楽しく嬉しく聞き、充分に信じたことであろう。

鷗外を知る人は誰もが立派な父上鷗外と子供達を比較したがる。しかし、人は誰でも、同じ境遇であることはない。兄弟でも全く同じはあり得ない。人を比較して優劣を付けるのはナンセンスである。

類が長じて作家として残した作品は姉達の作品と同じに美しいばかりでなく、詩人佐藤春夫が、「鷗外さんに一番似ているのが類さんの文章」と評した。

『観潮楼』という類の随筆の中に、学校から帰って真っ先に父の書斎を訪れるのが日課であったとあり、

「パッパー」と叫んで書斎に飛び込んだ。父は緑色を帯びた大きな火鉢に右手を翳（かざ）して座っていた。額の秀でた思慮深そうな父の顔には、男性的な気魄と気品とが籠ってゐて、ドイツ風の苦い美とでも云ふべき、一種の陰影を漂はせてゐた。如何なる苦痛をも偲んで俗に従ひ、学問芸術に励み、美を愛してきた痕跡であらうか。

「今迄、鷗外の風貌についてこれ程適切にしかも名文で表現した人はあるまい」と評される一文である。

また類の小説に、本屋を営む三十代の無能な男の話で、『百舌鳥』[10]というのがある。

最初気取って法律書や文学書を見る人に限って最後はエロ雑誌が並べてある平台に釘づけになって深刻な表情で頑張り出す。はばかり（トイレ）に立つと盗まれるので、頭痛がして来ても動けな

10　『百舌鳥』…「もず」と読める

い。買わずに出ても怒れない。何処の誰か分からぬ者に、エロ本を見せるために百ワットの電球が五つと蛍光灯を三本輝かせて置いて、大の男がはばかりを我慢してゐるとは一体如何云う商売なのであろう。

実際に、零細な坊ちゃん本屋をやった類ならではのリアリティであり、独特のペーソスの中に余裕と洒脱を感じさせ、上質である。

類の描いた絵、小説、随筆、詩、どれも優しく美しく的確で、見る者、読む者の心が洗われ、人を信ずる心を教えてくれる。臨終間近の姉茉莉の描写も圧巻である。父親鷗外も及ばないとさえ感じさせてくれる。そして類自身の、僕は生活力が無いとか力が無いとかいう自己評価も、また、日本中の誰もが経験した戦中戦後の厳しい時代に生きた苦しみを述懐しても、やはりどこかにホホホと微笑みの湧く救いがあるのが類作品の特徴である。

徹底的に父に愛された痕跡は、優れた個性となって現れ、母方の祖父、大審院判事荒木博臣の血もあろうが、正義感という庶民の味方としても光り、読む者を勇気付ける。あの不思議な力は、やはり安心を与えた父と、善悪に厳しく、真正直を教えた母の混合遺伝であろう。類は父から勉強を習うより、宝物のように愛されたのが良かったのである。

＊

遡る大正八年十二月一日。茉莉が嫁いだ五日後に、鷗外が山田新夫妻に宛てた手紙がある。

今朝はよい朝だ。上野の山の朝日を浴びて三十分間ほどベンチの上に休んでゐた。足もとのしめった土の上を蚯蚓（みみず）が一匹心地よげに伸びて蠢（うごめ）いてゐる。早晩乾いた砂にまみれて進退度を失ひ、ミユミイ[11]の如くになって死するか、又は子どもに踏みにじられて死するであろう。しかしとにかく此刹那を楽しんでゐる。僕と共に楽しんでゐる。

この手紙の「心地よげに伸びて蠢いてゐる……。とにかく此刹那を楽しんでゐる。……僕と共に楽しんでゐる……」には、

（僕はこの世に現れ、授けられた能力をより豊かにと育てられた。それに応え僕自身も非常な努力をし勉強をした。海の向こうは予想を遥かに超えた大きな世界ではあったが、学ぶべき事を精いっぱい学び、吸収し、わが国のためにやるべき事に心を込めた。今ぼくの足元で元気に

11　ミユミイ…ミイラのこと。

蠢いている小さな生きもの蚯蚓が、誰にも邪魔をされずに、体を精いっぱい動かし、くるくる、ぴきぴき、のびのびと、好きなように蠢いてこの時を謳歌しているようだ。僕もこの蚯蚓のように思う存分動いてきた。その蠢きで大方の為事(しごと)は片付いた。幸い娘お茉莉が、今煩悩で苦しむ母親から離れ、知にも富にも幸せな新生活を始めた。この新しい生活のスタートは、安心の出来る実に喜ぶべきことだ。これから僕はこの蚯蚓のようにもうひとつ伸びをする。僕のやるべき為事、〔元号考〕だ。だが、今これに愚かな策を弄して反対している者がいる。役職を果たしているつもりらしいが、馬鹿々々しい限りだ。僕はやれるだけやるのさ)

と、この地球上に、同じ生き物として一緒に生きている一匹の蚯蚓の動きに自分の人生を重ね、述懐し、楽しんでいる。

自らを地球上の一生物として客観視しているところが見事である。

十二月ながら朝日が射して暖かく風のない誰も居ない上野の山で、日頃は寸刻の暇も惜しむ多忙の人が、愛しい娘の幸せに安堵し、三十分ほどベンチで休んで、足元のしめった土の上で元気に動いている蚯蚓の姿に自分を重ね、微笑み楽しんで見ている姿は、森鷗外に傾倒する者には、神が見せてくれた、「幸福の森鷗外」の名場面である。

山田珠樹（左から2人目）と茉莉（同3人目）（文京区立森鷗外記念館蔵）

第十四話　逝く鷗外の独り言

鷗外は、母峰の亡くなった年に退官、著述一筋に邁進しかけたが、再び帝室博物館総長兼図書頭に任ぜられた。

そんな時期のある朝である。志げは夫の体調の思わしくない様子が気掛かりであった。

鷗外は信頼する親しい他人には「死病」と言うが、家では誰にも言わない。手当てのない病気なのだから、寝ていて治るわけではない、だから生きている間は為事をしたい。出来る限り何かの役に立つ為事をする。後の世にも充分に参考になるよき為事を、と考えている。

「あなた、どうしても出勤されますの？」

「ああ、大丈夫行かれますよ」

「お家でなさいませよ」

「博物館の総長というものは、山のような書類に目を通し、判をつかなきゃならん。お客が見える。様々な部署の人の話を聞く。図書寮では俺に大事な調べ物がある。家でやれるものではないんだよ」

「そう……。それではせめて車でいらして下さいな」

「人力は、頭に響いて具合が悪い。歩く方がいい」

「図書寮の入り口の坂道、大変だわ」

「うん、ゆっくり上っていくよ」

志げは自分の無力が悲しかった。泣かんばかりの妻の顔を見て、

「お母ちゃんにこしらえてもらったこの布の紐、これが具合が良くて、助かるよ、皮のバンドはきつくて困った。もう大丈夫だ。じゃあ行ってくるよ」と出掛けた。

志げは「いってらっしゃい」と姿が見えなくなるまで見送り、見えなくなると家に入って泣いた。いつにない夥しい涙が後から後から零れた。涙で意識が遠退き、泣き寝入った。

目覚めて志げはふと本来の冷静さを取り戻したように感じ、鏡を見て涙の跡を拭いた。そして鏡に映る自分の顔に深く頷き、（お体が良くないようなのに、パッパはお仕事をなさっていらっしゃる。今までにお休みした日はほんの少しだった。パッパのように、わたしもしっかりしなければいけない）と何度も鏡の自分と頷き合った。初めて自覚に目覚めたようだ。

＊

これは、森鷗外崇拝者のひとり、小島政二郎の著書の一部である。

その日、先生が総長室のいつもの机に向かわれたまま、突然「僕の余命は幾許もない」と静かな口調で言い出された。私は息を呑んだ。五体が縛られたようになり、口が利けなかった。「萎縮腎だ。これは死病で治療がない。病が進むと足に浮腫が来る。それが最期だ」といって先生は例の目尻に皺を寄せて笑われた。

鷗外先生は、自らの死を伝えるのに、医師として客観的に、そして穏やかに笑みを以て伝えている。

鷗外の独り言

(日清日露という愚かしい戦争で、若い命がどれ程失われたか。凄惨極まりない光景を前線で幾程目にしたか。皆、愛しい妻や子に、そして親に別れて消えていった。しかし、あれが彼らの人生の終わりであろうか。否、あの若い命のお蔭でわが国日本は守られたのだ。健全な日本国の存続は彼らのなげうった命の形見だ。あの夥しい多くの命は、今わが国の上に存続して生きている。良き日本国は彼らの命の証だ。
自分はここ迄命を与えられている。この命は彼らの代わりも受けて、これからも動ける内は動いて、蠢ける内は蠢いて、人の世の皆の幸せの為に、そして亦後の世の人々の為に為すべき事を為さねばならぬ。森林太郎がこの時代に生きた証だ。僕が考えたこと書き著したものが後の世の人の役に立ち、亦これを参考にして、誰かが僕の考えを、行為を、更に詳しくその時代に合わせ、真理として追求していく。これらの想像は喜びに耐えぬものだ。依って故人に成るも、決して無に成るのではない。この連鎖活動はそれぞれの時代の解釈になり、その時代の何かの役に立つ。そしてこれが連綿と続くのが人類社会の理想であり必然だ。古人の訓え、歴史の訓えだ。こうして良き後の世を思うと、今ここに在る一個人の生の終わりも必然に思う）
これは鷗外が小島政二郎に、自らの死を伝えた時の静かな微笑みが物語っている。自らを鍛え励まし、良き人間社会を希って力を尽くした森鷗外の人間愛の正道である。

＊

（幼い頃毎日見た青野山。丸い稜線の美しい大きな山だ。津和野は霧の深い盆地だが、その深い霧に、遠く浮かぶように見えた青野山。朝霧が晴れて全姿を現すその大きさに、幼い僕は日々畏敬を以て眺めた。そして僕は、山の向こうにある広い世界を想像し、いつかそこで、もっともっと勉強して沢山のことを識ろうと楽しみに仰いだ山だ。津和野川も美しく静かに流れていた。川べりは可愛らしい野の花が群れて咲いていた。実に美しい花達だった。あの花達に見送られて毎日々々藩校へ通った。難しい勉強に行く時の、そして帰る時の僕の大きな慰めだった。川には白い小石が光っていた。川の中を歩くと大抵丸い小石に滑って転んだ。真夏の冷たい水が心地よかった。母がよく「おや、また川を渡ったね。切り石に気を付けなされよ」と言った。あの美しい自然に囲まれた静かな城下町。

僕森林太郎は、この津和野で生まれ、育つ盛りの十年間を送った。

長じては長い間、陸軍省、宮内省、政府関係者等と交わって様々な関わりがあった。僕の主張意見には勿論賛成は多々あったが、反対もあった。最近も、明確な根拠もなしに反対している者がいる。愚かである。死は一切を打ち切る重大事件である。どんな権力もこれに反抗出来るものは居るまい。こんな時、江戸っ子は「様見やがれ」と言うのかもしれない。生前に理解し協力すべきをせずして、死んだ後にその反対した者が栄誉を授ける等は烏滸がましい限りだ。ばかばかしい。

故郷とは人が死した後に帰り着く所だ。与えられた生を思う存分に送り、為事をし終えた者が「只今」と帰る所だ。

「お帰り、お疲れさん。ようやった」と母の声が染み込んでいる大地。これが僕の故郷だ。ゆえに森林太郎が帰るのは岩見国津和野である。墓は中村不折の筆で、森林太郎墓とだけ印すよう）

これは森本人が自身の墓に寄せる希望であるが、社会的に言えば、森鷗外とは、軍事・医事・文学・教育・芸術、その他様々な文明の奥義を追求し、これを日本社会全体に教示し、国の発展に大きく尽くされた人である。関わった書物二万冊は東京大学に保存されてあるというが、後の世の勉学の子弟達が仰ぎ見るために、彼の記念碑は、日本各地に何基かあっても良いと思われる。

*

鷗外の妻志げは、幼い時から美しい、賢いと周囲の高い評価が原因で、強い自己愛を持って育ったゆえに、世情に疎く、世渡りに拙く、他人との関わりの上で、美の範疇にない、少しでも曲がっていると思ったことを厭った。しかし、理解し合える少数の友との信頼は非常に厚く、生前、子供たちの姿が見えない時に、夫が不思議そうに、そして心配そうに「子供たちは？」と聞く。「田中さま」と答えると、にっこりして「おう、武子君の所か、それなら安心だ」と言ったが、この音響学の世界的権威である田中正平氏の、美しくて明るい武子夫人とは大の仲良し、傍らで見ていた類は「二人とも好きな蜜柑を食べながら笑い声が絶えなかった。田中夫人がご主人を『おやじ、おやじ』と言うので、母がひっくりかえるほど笑うのであった」と言っている。両親について、長男於菟をはじめ、茉莉も杏奴も「母は全身全霊で父を愛した」と表現しているが、若い妻の真っしぐらな愛も、その応分な反応を夫が見せないと思い悩み、反目を見せたこともあったが、夫がその美貌と真っすぐな気性をこよなく愛したのは事実である。

於菟の長男の森真章（祖父鷗外が命名）医師は、忘れられない志げお祖母様として、「すっとした姿勢の良い、上品な美しい人でした。傍に鷗外お祖父さんが何時も付いているような人でした。僕はとても可愛がって頂きました。どこにでもよく連れていって下さったのですが、何かの都合で一緒に行けなかった日があって、その日祖母は、僕の顔をしっかり見て『連れていってあげたいのよ本当は、本当に連れていってあげたいんだけど……』と残念な気持ちを、幼い私に一生懸命に伝えて下さったお顔は、忘れられません」と語っておられる。幼い子供にも真っすぐに当たった人であった。

志げの生涯で一番の楽しみは、純真で無垢な孫達を可愛がることだったという。

乳母日傘に育てられた苦労知らずの女性が、二十年間、比類ない偉大な夫の重い生涯を支え、四人の子を産み、夫亡き後の十四年間は、腎臓を病みながら、成長期にあった三人の子供を独力で育てた。その苦労は並大抵ではなかったと思われる。そしてその三人が共に立派に育ち、称賛に値する社会的貢献をされた見事な成果を見ることなく亡くなられたことは惜しまれてならない。今の医療なら充分に長生きされたであろう。

次女杏奴は、「私達に、少しでも人様に誉められるような所が有るとしたら、それは一重に母の御蔭である」と仰っている。

今は三鷹の禅林寺に、「森林太郎墓」にちょっと下がって並んで、長男於菟が頼んだという、夫と同じ中村不折の文字で「森志げ墓」と書かれた、夫のよりは小振りながら相似形の墓がある。白百合と紫苑のよく似合う墓である。森林太郎の墓に「林太郎」と並んで「志げ」と連名が有れば、二人の愛を追慕出来るのだが、遺言として賀古鶴所にそれを依頼は出来なかったのであろう。賀古は志げに森を盗られたと思ったほどの大親友であり、「森は覚者であった」と咽び泣いた人である。

鼾をかいて一昼夜、死の際の鷗外に聞こえたのは「えっ。パッパが亡くなるんですか？　どうして？　どうしてー？　パッパ死んじゃダメ。死んじゃ嫌。死んじゃ嫌あ」という志げの悲痛な叫び声のみであったろう。

死に赴く大文豪は、

「うーむ。お母ちゃんの愛の絶唱というやつだな。くつ、くっ、く」

とかすかに微笑まれ、後は神のような表情で逝ってしまわれた。神になられたのである。

鷗外没後十四年の昭和十一年四月十八日、志げは次女杏奴の記すように『来てくれる人達に暑くても寒くてもいけないから、明舟の父のように、四月に死にたい。との希望通りに、母の好きな紫木蓮と山吹の花盛りの時に亡くなった』という。

〈同じ心一つ身なれや……〉の歌の通りに、志げは今、思慕して止まなかった夫の墓に寄り添い、慎ましく、安心したように静かに眠っている。百合と水色の小花が実によく似合う墓である。

三鷹市の禅林寺、鷗外の墓と、寄り添う志げの墓

あとがき

昭和二十四年の湯川秀樹博士ノーベル物理学賞受賞というニュースは、戦後の未だ暗かった時代の日本人皆に、驚きと喜び、自信を取り戻させてくれた輝かしいものであった。高校生の私は、改めて科学という学問の非常なる価値を認識した。そこで私は、生物の授業の細胞に興味があったので、大学では分子生物学を勉強しようと決めていた。

ところが突如結婚という経緯となった。両親の強要と、夫になる人が憧れの気鋭の物理学者ということもあって、これからは二人で机を並べて学問の道を歩めるとの希望を持って承諾した。しかし現実は厳しかった。母は、「今あなたに与えられた道を誠実に努めていくべき。あなたのしたい研究も、必ず優秀な誰かがなさる。誰がなさっても研究の成果が世の中に貢献するのは同じよ」と言った。確かに私より二年若い中村桂子さんという学者が出現されて、驚くべき高度な遺伝子学を究明され、貢献された。有り難いことである。幼い頃に両親を亡くし、他家に預けられ、小学校にも行けなかった母の慧眼に脱帽である。

また、夫は「一人の偉人を徹底的に調べるのは、優れた大学教育に匹敵するよ」と、若く向学心の強い私を慰めるように言った。「そうなの」と、まだ半分子供のような私は、大人達の言葉に従った。結果はこれが非常に有り難い私の人生となった。不世出の偉人森鷗外と志げ夫人に出会えたこと、そして私の理想と考える学習塾を創り、多くの子供達の良き人生の役に立ったからである。

当時の国立大学の教官の俸給に、若い私は（こんなに優秀な人材にこの給与では、日本は必ず経済大国になる）と信じ、共働きを考えた。資格を取得し、しばらく小学校教師を務めた。しかし家事と学校教師の両立は、どちらもいい加減になる。そこで、子供が二人になった時に、上の子の友達のお母さん方の要請を受けて、自宅を開放し、寺子屋学習塾を開いた。それからの半世紀正に五十年、年中無休の稀なる良きこの学習塾は延々と続いた。後から加わった私の息子とその友達二人の四人の教師は、変わらず閉塾まで務めた。どの子も皆、小、中学生時代から通い、全員が希望する大学に入り、実に立派に社会貢献を果たしている。

森鷗外夫妻の愛を究めたいと思ったのは、四十代の半ばに、皮膚疾患を埼玉中央病院の森真章（マクス）先生（鷗外のお孫様で、於菟様のご長男）に診て頂いたのが直接のきっかけである。先生は私の顔をじっとご覧になって、懐かしそうに、志げお祖母様の素敵なお話を敬意を込めてお聞かせ下さった。「とても可愛がって頂きました」とおっしゃった時、先生のお顔が幼児のように可愛くなられたのが印象的だった。その後、何回か診察に伺うたびに志げお祖母さまのお話をして下さり、「肌が小麦色で目が大きいところがあなたに似ている」ともおっしゃった。

こんなにお孫さんに慕われる志げお祖母様とは勿論鷗外夫人のはずだが、鷗外夫人といえば「お嬢さん育ちで、我儘でヒステリー。日本のクサンチッペと評される悪妻」というのが風評だ。どれが本当か？　と、夫が勧めた偉人探求は森鷗外夫妻にしようと、この時決めた。

平成十二年春、森真章先生が亡くなられ、ご葬儀が三鷹の禅林寺の講堂で行なわれた。「父の呼吸はだんだん、だんだん小さくなり、ろうそくの火が消えるように静かに亡くなりました」との御遺族のご挨拶に、私は涙と一緒にふと「お帰り、よくお務めなさったね」と、すぐ近くの墓地から志げさんの微笑みと、お声が聞こえたように感じた。


森鷗外の業績の研究者は数知れぬ。何百人といるであろう。それでも溶けたのは、鷗外氷山の一角かも知れない。私の求めた鷗外夫妻の愛も、とても全容は語れない。しかしご夫妻の愛の日々の真実は究めることが出来たと自賛して、この小著を当の故森鷗外ご夫妻と、お読み頂ける方々に捧げたいと思う。

そして、この本の出版に当たってご尽力下さった文芸社の藤田渓太氏と今泉ちえ様と、出版を勧めてくれ、惜しみなく協力してくれた娘五十嵐真紀子と、費用の協力者弟村山幸司に心より御礼申し上げる。

令和五年九月

著者　町田　育代

本書中には、今日の人権擁護の見地に照らして不当・不適当と思われる語句や表現がありますが、作品の時代的背景を考え合わせ、該当箇所の削除や書き換えは行わず原本のままとしました。

主要参考文献

森鷗外著・木下杢太郎ほか編『鷗外全集　第三十八巻』岩波書店　一九九〇年
森林太郎著・石川淳編『鷗外選集　第一、二、三、四、五、六、十、十三、二十一巻』岩波書店　一九七八〜一九八〇年
石川淳『森鷗外』岩波文庫　一九七八年
金子幸代『鷗外と〈女性〉―森鷗外論究―』大東出版社　一九九二年
小金井喜美子『鷗外の思い出』岩波文庫　一九九九年
小堀桂一郎『若き日の森鷗外』東京大学出版会　一九六九年
小堀桂一郎『森鷗外　批評と研究』岩波書店　一九九八年
小堀桂一郎訳・解説『森鷗外の「智恵袋」』講談社学術文庫　一九八〇年
島内景二『文豪の古典力　漱石・鷗外は源氏を読んだか』文春新書　二〇〇二年
竹盛天雄編集・評伝『新潮日本文学アルバム1森鷗外』新潮社　一九八五年
平川祐弘・平岡敏夫・竹盛天雄編『鷗外の人と周辺』新曜社　一九九七年
堀場清子『青鞜の時代　平塚らいてうと新しい女たち』岩波新書　一九八八年
山﨑國紀『森鷗外の手紙』大修館書店　一九九九年
吉野俊彦『鷗外・五人の女性と二人の妻　もうひとつのヰタ・セクスアリス』ネスコ　一九九四年
森峰子著・山﨑國紀編『森鷗外・母の日記』三一書房　一九八五年
森於菟『父親としての森鷗外』ちくま文庫　一九九三年
森茉莉『森茉莉全集　一〜三巻』筑摩書房　一九九三年（「恋人たちの森」「枯葉の寝床」「父の帽子」）

『私の美男子論』筑摩書房　一九九五年
『甘い蜜の部屋』新潮文庫　一九八一年
『私の美の世界』新潮文庫　一九八四年
『マリアの気紛れ書き』ちくま文庫　一九九五年
『マリアのうぬぼれ鏡』ちくま文庫　二〇〇〇年
『記憶の絵』ちくま文庫　一九九二年
中野翠編『ベスト・オブ・ドッキリチャンネル』ちくま文庫　一九九四年
『貧乏サヴァラン』ちくま文庫　一九九八年
『贅沢貧乏』講談社　一九九二年
森鷗外著・小堀杏奴編『妻への手紙』ちくま文庫　一九九六年
小堀杏奴『晩年の父』岩波文庫　一九九一年
森　類『鷗外の子供たち　あとに残されたものの記録』ちくま文庫　一九九五年
『森家の人びと　鷗外の末子の眼から』三一書房　一九九八年
小堀鷗一郎『死を生きた人びと　訪問診療医と355人の患者』みすず書房　二〇一八年
小堀鷗一郎・養老孟司『死を受け入れること　生と死をめぐる対話』祥伝社　二〇二〇年
下村幸子『いのちの終いかた「在宅看取り」一年の記録』NHK出版　二〇一九年
鷗外研究会編『森鷗外「スバル」の時代』叢文社　一九九七年
『森茉莉―天使の贅沢貧乏』文藝別冊Kawade夢ムック　河出書房新社　二〇〇三年
『日露戦争　陸海軍、進撃と苦闘の五百日』歴史群像シリーズ24学研　一九九一年
『激闘旅順・奉天　日露戦争陸軍〝戦捷〟の要諦』歴史群像シリーズ59学研　一九九九年

著者プロフィール

町田 育代（まちだ やすよ）

1933年東京都生まれ。

1945年戦災を避け佐渡に疎開。1951年佐渡高校卒業。

同年、埼玉大学理工学部物理学科助教授町田勝と結婚。川口市立小学校教師を経て、1965年地元北浦和に瑶沙塾（4歳児から成人までの、勉強したい人、受験を目指している人のための寺子屋学習塾、通称「町田塾」）を創設。同塾主幹を51年務め、全塾生を優秀人材として輩出。以後は余暇に文筆し、2012年から『さいたま市民文芸』（目下休刊）に投稿、短歌、随筆が入選。2015年から2021年まで小説『観潮楼の月—森鷗外夫妻の愛—』が継続掲載される。子供2人、孫5人。曾孫は目下4人。

観潮楼の月 森鷗外夫妻の愛　十四話

2024年4月15日　初版第1刷発行

著　者　町田 育代
発行者　瓜谷 綱延
発行所　株式会社文芸社
〒160-0022　東京都新宿区新宿1－10－1
電話　03-5369-3060（代表）
03-5369-2299（販売）

印刷所　図書印刷株式会社

ISBN978-4-286-24465-5